FÓRA DE XOGO

Edición: Helena Pérez
Deseño da cuberta e interiores: Miguel A. Vigo
Maquetación: Bernardo Menduíña
Fotografía da cuberta: Manuel G. Vicente
Producción: Antón Pérez/Teresa Rodríguez Martínez

1ª edición: xuño, 1999
2ª edición: novembro, 1999

Versión galega do orixinal inglés: *The secret Diary of Adrian Mole*
© *The secret Diary of Adrian Mole*, Aged 13 & 3/4
©Sue Townsend, 1982
© da traducción para o galego: Manuel Carballo Lousas
© Edicións Xerais de Galicia, S. A., 1999
Dr. Marañón, 12. 36211 VIGO.
xerais@xerais.es
ISBN: 84-8302-312-1
Depósito Legal: VG. 881-1999
Printed in Spain
Impreso en Gráficas Varona, S. A.
Pol. Ind. "El Montalvo", P. 49 N. 3
37008 Salamanca

FÓRA DE XOGO

O diario
secreto de
Adrian Mole

Sue Townsend

Traducción:
Manuel Carballo Lousas

XERAIS

Para Colin
e tamén para Sean, Dan, Vicki e mais Elisabeth
con amor e agradecemento.

"Paul camiñaba con algo chantado fortemente no seu seo... pero, inda así, falaba seguido con súa nai. El nunca lle ía confesar como sufría con todo aquelo; ela só o adiviñaba en parte."

D.H. Lawrence, *Fillos e amantes*

Xoves 1 de xaneiro

FESTIVO EN INGLATERRA, ESCOCIA E GALES

Estes son os meus propósitos de Aninovo:

1. Axudarei ós cegos a cruza-la rúa.
2. Colgarei os pantalóns en cadansúa percha.
3. Gardarei os discos nas súas fundas.
4. Non comezarei a fumar.
5. Deixarei de rebenta-los grans.
6. Tratarei ben ó can.
7. Axudarei ós pobres e ignorantes.
8. Despois de escoita-lo noxento balbordo de embaixo, tamén prometo que nunca beberei alcol.

Meu pai embebedou ó can con augardente de cereixas na festa de onte á noite. Se a Sociedade Protectora de Animais sabe disto, lévano preso. Xa pasaron oito días dende o Nadal, pero miña nai non puxo aínda o mandil de lúrex verde que lle merquei. O ano que vén voulle regalar sales de baño.

Vaia sorte, ¿non me vai saír un gran no barbarote o primeiro día do ano?

Venres 2 de xaneiro

FESTIVO EN ESCOCIA. LÚA CHEA

Hoxe síntome fatal. A culpa é de miña nai por cantar *My Way* ás dúas do mediodía no relanzo das escaleiras. Vaia sorte ter unha nai así. Hai posibilidades de que os meus pais sexan alcólicos. O ano que vén podo acabar nun fogar para nenos desamparados.

O can vingouse de meu pai. Deu un brinco e levou por diante a súa maqueta de barco; despois botou a correr polo xardín co aparello enleado nas patas. Meu pai non deixaba de repetir "tres meses de traballo ó lixo".

O gran do barbarote estase a facer maior. A culpa é de miña nai por non saber nada de vitaminas.

Sábado 3 de xaneiro

¡Vou tolear pola falta de sono! Meu pai botou fóra ó can e pasou toda a noite a ladrar embaixo da miña fiestra. ¡Vaia sorte! Meu pai berroulle unha palabra fea. Se non anda con ollo, vaino levar a policía por linguaxe obscena.

Coido que o gran é un furuncho. Vaia sorte, telo onde o pode ver todo o mundo. Recordeille a miña nai que eu non tomara nada de vitamina C hoxe. Díxome "vai mercar unha laranxa". Típico.

Aínda non puxo o mandil de lúrex.

Hame gustar volver ó colexio.

Domingo 4 de xaneiro

SEGUNDO DESPOIS DO NADAL

Meu pai colleu a gripe. Coa dieta que levamos non me estraña. Miña nai saíu no medio da choiva para traerlle unha menciña con vitamina C, pero como eu lle dixen, "tarde piaches". É un milagre que non collámo--lo escorbuto. Miña nai di que non ve nada no meu barbarote, iso é que se sente culpable polo da dieta.

O can fuxiu porque miña nai non lle pechou a porta. Rompín o brazo do tocadiscos. Aínda non o sabe ninguén, e con algo de sorte meu pai estará enfermo bastante tempo. É o único que o usa á parte de min. Nin rastro do mandil.

Luns 5 de xaneiro

Aínda non volveu o can. Estase na gloria sen el. Miña nai chamou á policía e deulles unha descrición del. Fixo que parecera aínda máis arrepiante do que é: pelo revolto por enriba dos ollos e esas cousas. Penso que a policía ten cousas mellores que facer que andar na procura de cans, como coller asasinos. Díxenllo a miña nai, pero aínda así chamounos. Se a asasinaran por culpa do can, teríao ben merecido.

Meu pai segue a manga-lo cazo na cama. Suponse que está enfermo, ¡pero eu ben me decatei de que aínda fuma!

Nigel veu hoxe por aquí. Viña moreno das vacacións do Nadal. Coido que Nigel vai enfermar de contado polo choque repentino co frío de Inglaterra. Penso que os pais de Nigel se equivocaron ó levalo ó estranxeiro.

A el aínda non lle saíu nin un só gran.

Martes 6 de xaneiro

EPIFANÍA. LÚA NOVA

¡O can fíxoa boa!

Tirou da bici ó señor da luz e descompúxolle tódo-los papeis. Supoño que agora acabaremos todos no xulgado. Un policía dixo que deberiamos ter conta do can e preguntou dende cando era coxo. Miña nai díxo-lle que non era coxo e botoulle unha ollada. Tiña un pirata de xoguete chantado na pata esquerda de diante.

O can púxose moi ledo cando miña nai lle quitou o pirata e botouse dun chouto contra a capa do policía coas patas cheas de lama. Miña nai trouxo un pano da cociña, pero tiña marmelada de amorodos onde limpa-ra eu o coitelo, así que a capa quedou aínda peor. Des-pois, o policía marchou. Estou seguro de que xurou. Podería dar conta del por iso.

Buscarei no meu diccionario novo o que significa "epifanía".

Mércores 7 de xaneiro

Nigel veu coa súa bici nova esta mañá. Ten botella de auga, contaquilómetros, velocímetro, un asento ama-relo e rodas estreitiñas de carreiras. Éche un desperdicio en Nigel. Só a utiliza para ir e volver das tendas. Se a tivera eu, iríame por todo o país e tería unha vivencia.

O gran ou furuncho está para estoupar. ¡Máis grande seguro que non pode ser!

Atopei unha palabra no meu diccionario que des-crebe ó meu pai, é "teatreiro". Aínda segue na cama a chimpar vitamina C. O can está pechado na carboeira.

Epifanía é algo que ten que ver cos Reis Magos. ¡Vaia cousa!

Xoves 8 de xaneiro

Agora colleu a gripe miña nai. Iso quere dicir que teño que coidar dos dous. ¡Vaia sorte!

Pasei todo o día de arriba para abaixo. Pola noite prepareilles unha boa cea: dous ovos escalfados con fabas e un pastel de sémola en lata. (Foi boa cousa que levara posto o mandil de lúrex porque os ovos escalfados escaparon da tixola e viñéronseme enriba). Estiven a piques de lles dicir algo cando vin que non comeran *nada*. Non poden estar tan enfermos. Boteillo todo ó can na carboeira. Miña avoa chega mañá pola mañá, polo que tiven que frega-las tixolas queimadas e logo saca-lo can a pasear. Ás once e media aínda non me deitara. Non me estraña que sexa pequeno para os meus anos.

Decidín que non ía face-la carreira de Medicina.

Venres 9 de xaneiro

A outra noite todo foi tos, tos e máis tos. Cando non era un, era o outro. Podíase esperar algo de consideración despois do día tan duro que pasara.

Chegou miña avoa e anoxouse polo estado da casa. Amoseille o meu cuarto, que sempre está limpo e recollido, e deume cincuenta peniques. Amoseille tódalas botellas baleiras no balde do lixo e anoxouse.

Miña avoa ceibou o can da carboeira. Dixo que miña nai fora cruel ó pechalo. O can vomitou no chan da cociña. Miña avoa volveuno pechar.

A avoa colleu e rebentoume o gran do barbarote. Foi para peor. Conteille á avoa o do mandil verde e a avoa dixo que ela sempre lle traía a miña nai unha chaqueta cento por cento acrílico polo Nadal e ¡*nunca endexamais* puxera ningunha!

Sábado 10 de xaneiro

Mañá. ¡Agora enfermou o can! Segue a vomitar, así que vai vir o veterinario. Meu pai díxome que non lle dixera ó veterinario que o can pasara dous días pechado na carboeira.

Púxenlle unha tiriña ó furuncho para que non lle entraran os xermes do can.

O veterinario marchou co can. Di que cre que ten unha obstrucción e que precisa dunha operación de urxencia.

Miña avoa estivo a rifar con miña nai e volveu para a súa casa. Miña avoa atopou tódalas chaquetas do Nadal rabeladas na bolsa dos farrapos. Cando hai xente a morrer de fame, dá carraxe.

O veciño da casa do lado, o señor Lucas, veu ver a miña nai e mais a meu pai, que aínda seguen na cama. Trouxo unha postal das de "Que te mellores" e unhas flores para miña nai. Miña nai incorporouse na cama; levaba un camisón que deixaba ver bastante peito. Falábale ó señor Lucas cunha voz noxenta. Meu pai facíase o durmido.

Nigel veu cos seus discos. Está co do punk, pero non lle vexo xeito ningún se non podes entende-las letras. De todos modos, penso que me estou a facer un intelectual. Debe ser polas preocupacións.

Tarde. Fun ver como estaba o can. Xa o operaron. O veterinario amosoume unha bolsa de plástico cunha morea de cousas noxentas dentro. Había unha pedra de carbón, o abeto da tarta do Nadal e os piratas de xoguete do barco de meu pai. Un dos piratas levaba un sabre que lle debeu facer dano abondo ó can. O can parece moi mellorado. Poderá volver a casa dentro de dous días; que sorte negra.

Cando cheguei a casa, meu pai estaba a rifar con miña avoa por teléfono polo das botellas baleiras no balde do lixo.

O señor Lucas estaba no andar de enriba falando con miña nai. Cando o señor Lucas marchou, meu pai subiu e púxose a discutir con miña nai e fíxoa chorar. Meu pai está de malas. Iso quere dicir que xa se atopa mellor. Fíxenlle un té a miña nai sen que mo pedira. Tamén isto a fixo chorar. ¡Non hai xeito de compracer a algunha xente!

O furuncho aínda segue aí.

Domingo 11 de xaneiro

PRIMEIRO DESPOIS DE EPIFANÍA

Agora sei que son un intelectual. Vin a Malcolm Muggeridge na televisión a outra noite, e case que lle entendín tódalas palabras. Todo conta. Un mal fogar, unha dieta pobre, que non me guste o punk. Coido que me farei socio da biblioteca a ver que pasa.

É unha mágoa que non haxa máis intelectuais que vivan por aquí cerca. O señor Lucas leva pantalóns de pana, pero é axente de seguros. Vaia sorte.

¿Primeiro *que* despois de epifanía?

Luns 12 de xaneiro

O can está de volta. Non para de lambe-los puntos, así que cando me poño a xantar doulle as costas.

Esta mañá miña nai ergueuse a facerlle unha cama ó can para que durma nela ata que estea mellor. Fíxolla cunha caixa de cartón que traía bolsiñas de deterxente. Meu pai dixo que aquelo podería facer espirrar ó can e abrirlle os puntos, e que o veterinario cobraría aínda máis por coserllos outra vez. Comezaron a rifar polo da caixa, despois meu pai saíu na procura do señor Lucas. Aínda que para min é un misterio que terá que ver o señor Lucas co da caixa.

Martes 13 de xaneiro

Meu pai voltou ó traballo. ¡Gracias a Deus! Non sei como miña nai pode aturalo.

O señor Lucas veu esta mañá para ver se miña nai precisaba algunha axuda na casa. É moi amable. A muller do señor Lucas estaba na casa do lado a limpa-las fiestras. A escaleira non parecía moi segura. Escribinlle a Malcolm Muggeridge, na BBC, preguntándolle cómo facer co de ser un intelectual. Espero que conteste axiña porque me estou a fartar de ir pola miña conta. Escribín un poema e só me levou dous minutos. Mesmo ós poetas famosos lles leva máis. Chámase "A Billa", pero non vai realmente dunha billa, é moi profundo e vai sobre a vida e toda esa leria.

A Billa, por Adrian Mole

A billa pinga e non me deixa descansar,
Pola mañá haberá un mar.
Por culpa dunha goma a alfombra vaise estragar,

Para mercar outra meu pai vai ter que aforrar.
Pódelle dar un mal mentres está no traballo.
¡Papá, amaña a goma, non fága-lo parvo!

Amoseillo a miña nai, pero botou a rir. Non é moi espabilada. Aínda non me lavou os pantalóns de deportes e o colexio comeza mañá. Non é como as nais da televisión.

Mércores 14 de xaneiro

Fíxenme socio da biblioteca. Collín *O coidado da pel*, *A orixe das especies* e mais un libro, escrito por unha muller, do que sempre está a falar miña nai. Titúlase *Orgullo e prexuízo*, dunha muller chamada Jane Austen. Estou por dicir que a bibliotecaria quedou impresionada. Se cadra é unha intelectual coma min. Non mirou para o meu furuncho, pode que estea a facerse máis pequeno. ¡Xusto a tempo!

O señor Lucas estaba na cociña a tomar café con miña nai. O cuarto estaba cheo de fume. Estaban a rir, pero cando eu entrei, pararon.

A muller do señor Lucas estaba na casa do lado limpando o sumidoiro. Parecía como se estivera de mal humor. Coido que o señor Lucas e a súa muller non teñen un matrimonio feliz. ¡Pobre señor Lucas!

Ningún dos profesores do colexio se decatou de que son un intelectual. Vanse arrepentir cando chegue a famoso. Hai unha rapaza nova na clase. Senta comigo en Xeografía. Chámase Pandora, pero prefire que lle chamen "Caixa". Non me explico por qué. Pode que me namore dela, xa vai sendo hora de que me namore, ó cabo xa teño 13 anos e 3/4.

Xoves 15 de xaneiro

Pandora ten o pelo da cor da melaza, e ben longo, como debe se-lo pelo das rapazas. Está bastante ben feitiña, vina xogar a voleibol e o seu peito bambeaba. Sentinme un chisco raro, ¡penso que é iso!

Quitáronlle os puntos ó can. Trabou ó veterinario, pero supoño que xa estará afeito. (Refírome ó veterinario; o can xa sei que o está.)

Meu pai atopou o brazo do tocadiscos. Conteille unha mentira. Díxenlle que o can se botara enriba del e o rompera. Meu pai dixo que agardaría a que o can estivera ben curado da operación para escoucealo. Supoño que é broma.

O señor Lucas estaba outra vez na cociña cando cheguei da escola. Miña nai xa está mellor, así que para min é un misterio por qué segue a vir por aquí. A muller do señor Lucas estaba a plantar árbores na escuridade. Lin un pouco de *Orgullo e prexuízo*, pero está moi anticuado. Penso que Jane Austen debería escribir algo un chisco máis moderno.

O can ten a mesma cor de ollos que Pandora. Decateime gracias a que miña nai lle cortou o pelo. Ten peor pinta que nunca. O señor Lucas e mais miña nai riron a cachón do novo corte de pelo do can, o cal non está moi ben porque o can non pode contestarlles, o mesmo que a Familia Real.

Marcho cedo para a cama a pensar en Pandora e mais face-los meus exercicios para estira-lo lombo. Non medrei nada en dúas semanas. Se isto segue así vou quedar feito un anano.

Irei ó médico o sábado se o furuncho segue aí. Non podo vivir así, con todo o mundo a mirar para min.

Venres 16 de xaneiro

O señor Lucas veu para ofrecerse a levar a miña nai de compras no coche. Deixáronme na escola. Aledeime de baixar do coche con todas aquelas risas e todo aquel fume de tabaco. Polo camiño vimos á muller do señor Lucas. Carretaba unhas bolsas da compra enormes. Miña nai saudouna coa man, pero a muller do señor Lucas non puido volverlle o saúdo.

Hoxe houbo Xeografía, así que sentei con Pandora unha hora enteira. Díxenlle o de que os seus ollos eran coma os do meu can. Preguntoume que clase de can era. Díxenlle que era un palleiro.

Empresteille a Pandora o meu rotulador azul para marca-las Illas Británicas.

Coido que ela aprecia estes pequenos detalles.

Hoxe comecei *A orixe das especies*, pero non está tan ben como a serie de televisión. *O coidado da pel* está guai. Deixeino aberto por onde fala das vitaminas. Espero que miña nai colla a indirecta. Deixeino na cociña, a carón do cinceiro, conque vai ter que velo.

Pedín hora para o do furuncho. Púxose violeta.

Sábado 17 de xaneiro

Esta mañá erguinme cedo. A muller do señor Lucas está a darlle cemento ó camiño fronte a casa; a formigoneira estivo todo o tempo en marcha mentres ela igualaba o cemento antes de que secara. O señor Lucas levoulle unha cunca de té. Realmente é ben atento.

Nigel veu para ver se eu quería ir ó cine, pero díxenlle que non podía porque tiña que ir ó médico polo do furuncho. Dixo que non vía furuncho ningún, pero só tentaba ser amable porque o furuncho está hoxe impoñente.

O doutor Taylor debe ser un deses médicos xerais cheos de traballo dos que un sempre está a ler cousas. Non examinou o furuncho, só dixo que non me preocupara e preguntoume se ía todo ben pola casa. Conteille o da mala vida que me daban na casa e o da mala dieta, pero el dixo que eu estaba ben mantido e que marchara para a casa e dera gracias polo que tiña. Dá gusto coa Seguridade Social.

Voume poñer a repartir xornais para ir a un privado.

Domingo 18 de xaneiro

SEGUNDO DESPOIS DE EPIFANÍA. COMEZA O TRIMESTRE EN OXFORD HILARY

A muller do señor Lucas e mais miña nai puxéronse a rifar por conta do can. Dalgún xeito escapou da casa e tripou no cemento fresco da muller do señor Lucas. Meu pai suxeriu sacrifica-lo can, pero miña nai deu en chorar, así que dixo que non o faría. Tódolos veciños estaban na rúa a limpa-los coches e a escoitar. ¡Ás veces odio de verdade a ese can!

Hoxe lembrei a miña determinación de axudar ós pobres, conque collín os almanaques vellos do *Pato Donald* e leveillos a unha familia ben pobre que se mudou á rúa do lado. Sei que son pobres porque só teñen unha tele en branco e negro. Saíume un neno á porta. Conteille por qué fora. Ollou para os almanaques e dixo "xa os lin", e deume coa porta no nariz. ¡Dá gusto axudar ós pobres!

Luns 19 de xaneiro

Metinme nun grupo da escola que se chama *Os Bos Samaritanos*. Saímos polo barrio para axudar e todo iso. Latamos Mate os luns pola tarde.

Hoxe tivemos unha charla sobre o tipo de cousas que imos facer. Puxéronme no grupo dos vellos xubilados. A Nigel tocoulle un traballo cantidade de noxento coidando cativos nun grupo de xogos. Está que rabea.

Tárdame que chegue o luns. Conseguirei un casete para gravar tódalas historias dos vellos sobre a guerra e todo iso. Espero que me toque un con boa memoria.

O can está outra vez no veterinario. Tiña cemento apegado ás patas. Non me estraña que armara tanto balbordo nas escaleiras esta noite. Pandora sorriu cara a min no comedor da escola, pero eu estaba afogando cun óso e non lle puiden volve-lo sorriso. ¡Vaia sorte!

Martes 20 de xaneiro

LÚA CHEA

¡Miña nai está a buscar traballo!

Agora podo acabar coma un delincuente vagando polas rúas e todo iso. ¿E que vou facer nas vacacións? Supoño que vou ter que sentar todo o día nunha lavandería para me manter quentiño. Serei un neno trauma, sexa o que sexa o que signifique. ¿E quen vai coidar do can? ¿E que vou comer en todo o día? Vereime na obriga de comer patacas fritidas e lambonadas ata que a miña pel se estrague e me caian os dentes. Creo que miña nai está a ser moi egoísta. De tódolos xeitos non vai facer ben ningún traballo. Non é moi lista e bebe de máis polo Nadal.

Chamei a miña avoa por teléfono e conteillo, e ela díxome que podería pasa-las vacacións na súa casa e ir polas tardes ás reunións do Clube de Xubilados Verdecente e cousas así. Agora penso que preferiría non tela chamado. *Os Samaritanos* reuníronse hoxe durante o recreo. Repartímo-los vellos. Tocoume un vello chamado Bert Baxter. Ten oitenta e nove anos, así que non creo que me dure moito. Vouno ir ver mañá. Espero que non teña can. Estou farto dos cans. Ou están no veterinario, ou diante da televisión.

Mércores 21 de xaneiro

¡O señor Lucas e a súa muller vanse divorciar! Son os primeiros na nosa rúa. Miña nai foi ata a casa do lado para consolar ó señor Lucas. Debía estar moi disgustado porque miña nai aínda seguía alí cando meu pai chegou do traballo. A muller do señor Lucas marchou non sei onde nun taxi. Creo que marchou para sempre, levaba a súa caixa de ferramentas. Pobre señor Lucas, agora vai ter que lava-la súa roupa e todo iso.

Meu pai fixo o té esta tarde. Xantamos arroz precociñado con curri, era o único que quedaba na neveira, á parte dunha bolsa cunha cousa verde que perdera a etiqueta. Meu pai fixo unha gracia sobre mandarlla a un inspector de sanidade. Miña nai non riu. Pode que estivera a pensar no pobre do señor Lucas, abandonado á súa sorte.

Fun ver ó señor Baxter despois do té. Meu pai deixoume alí de camiño ó seu partido de bádminton. A casa do señor Baxter é difícil de ver dende a rúa. Ten unha sebe de alfeneiras moi mesta e medrada todo ó redor. Cando chamei á porta, un can comezou a ladrar e a gruñir e a brincar contra o buzón. Antes de liscar corr"en-do de alí, oín un bruído de botellas que caían e a un home que xuraba. Espero que me deran mal o número.

Topei a Nigel de camiño á casa. Contoume que o pai de Pandora ¡é leiteiro! Xa non me gusta tanto a rapaza.

Non había ninguén na casa cando cheguei, así que lle dei de comer ó can, mirei os meu grans e marchei para a cama.

Xoves 22 de xaneiro

¡É unha porca mentira o de que o pai de Pandora sexa leiteiro! É contable na cooperativa leiteira. Pando-ra di que lle vai cascar a Nigel se anda por aí a difama-la. Volvo estar namorado dela.

Nigel preguntoume se ía á festa no clube xuvenil mañá pola noite; queren recadar fondos para unha nova caixa de pelotas de pimpón. Non sei se irei por-que Nigel é punki as fins de semana. A súa nai déixalle selo, sempre e cando leve unha camiseta por embaixo da camiseta de escravo.

Miña nai tivo unha entrevista de traballo. Está a practica-la mecanografía e a non face-lo xantar. ¿Como será logo se consegue o traballo? Meu pai deberíase poñer serio antes de que isto sexa un fogar desfeito.

Venres 23 de xaneiro

Esta é a última vez que vou a unha festa. Todo o mundo alí era punki agás eu e Rick Lemon, o xefe xuvenil. Nigel estivo a fachendear toda a noite. Acabou poñendo un imperdible na orella. Meu pai tivo que levalo ó hospital no coche. Os pais de Nigel non teñen coche porque o seu pai ten unha placa de aceiro na cabeza e a súa nai só mide metro e corenta e nove centímetros. Non é de estrañar que Nigel saíra así de mal, cun maníaco e unha anana por pais.

Aínda non teño novas de Malcolm Muggeridge. Pode que estea de malas. Os intelectuais coma el e coma min estamos de malas moi a miúdo. A xentiña non nos entende e di que somos uns túzaros, pero non é así.

Pandora foi ver a Nigel ó hospital. Ten o sangue un pouco envelenado por culpa do imperdible. Pandora pensa que Nigel é cantidade de valente. Eu penso que é cantidade de parvo.

Tiven dor de cabeza todo o día por culpa da condenada mecanografía de miña nai, pero non me queixo. Agora teño que durmir. Mañá vou ir ver a Bert Baxter á súa casa. O enderezo estaba ben; ¡QUE SORTE NEGRA!

Sábado 24 de xaneiro

Hoxe foi o día máis espantoso da miña vida. ¡Miña nai conseguiu traballo coa condenada leria da mecanografía nunha axencia de seguros! ¡Comeza o luns! O señor Lucas traballa no mesmo sitio. Vai vir tódolos días para levala en coche.

Meu pai está de malas –pensa que se lle está a rompe-la biela do coche–.

Pero o peor de todo, ¡Bert Baxter non é un amable velliño xubilado! Bebe, fuma e ten un pastor alemán que se chama Sabre. Sabre quedou pechado na cociña mentres eu podaba a enorme sebe, pero non deixou de gruñir nin un momento.

¡Pero aínda peor que iso! ¡¡¡Pandora sae con Nigel!!! Penso que nunca poderei superar este golpe.

Domingo 25 de xaneiro

TERCEIRO DESPOIS DE EPIFANÍA

10 da mañá. Estou enfermo de tanta preocupación, feble de máis para escribir moito. Ninguén se decatou de que non almorcei nada.

2 da tarde. Tomei dúas aspirinas infantís ó mediodía e recupereime un pouco. Quizais cando sexa famoso e se descubra o meu diario, a xente entenda o tormento de ser un intelectual esquecido de 13 anos e 3/4.

6 da tarde. ¡Pandora! ¡Meu amor perdido!

¡Agora xa nunca acariñarei o teu pelo da cor da melaza! (aínda que o meu rotulador azul segue estando a túa disposición).

8 da tarde. ¡Pandora! ¡Pandora! ¡Pandora!

10 da noite. ¿Por que? ¿Por que? ¿Por que?

Medianoite. Comín un sandwich de paté de cangrexo e unha mandarina (polo ben da miña pel). Síntome un pouco mellor. Espero que Nigel caia da bici e o esmague un camión. Nunca máis lle volverei falar. ¡Sabía que eu estaba namorado de Pandora! Se me trouxeran unha bici de carreiras polo Nadal en vez dun porcallento reloxo espertador estéreo dixital, nada disto tería pasado.

Luns 26 de xaneiro

Tiven que deixa-lo meu leito de enfermo para visitar a Bert Baxter antes de ir ó colexio. Tardei unha eternidade en chegar aló —sentíame moi feble e tiña que parar a descansar cada dúas por tres— pero coa axuda dunha velliña que tiña un bigote negro enorme, dei chegado á porta principal. Bert Baxter estaba na cama, pero guindoume as chaves e puiden entrar. Sabre estaba pechado no baño; estaba a gruñir e soaba como se estivera a rachar toallas ou algo.

Bert Baxter estaba deitado nunha cama porcallenta fumando un cigarro, o cuarto cheiraba que alcatreaba, coido que o cheiro viña do propio Bert Baxter. As sabas da cama parecían como cubertas de sangue, pero Bert dixo que era polos sandwiches de remolacha que sempre levaba para comer antes de deitarse. Era o cuarto máis noxento que vira endexamais (e estou afeito ós cortellos). Bert Baxter deume dez peniques e pediume que lle fora ó quiosco polo *Morning Star*. ¡Logo aínda por riba é comunista! Sabre é quen lle vai polo xornal normalmente, pero está pechado como castigo por rilla-lo vertedeiro.

O home do quiosco pediume que lle levase a conta a Bert Baxter (debe 39'97 libras dos xornais), pero cando lla dei, Bert Baxter dixo "ese paspán baballas catro ollos", riu e rachou a conta. Cheguei tarde a clase, conque tiven que pasar pola secretaría e poñe-lo meu nome na lista dos que chegan tarde. ¡Este é o agradecemento por ser un *Bo Samaritano*! ¡Aínda así non faltei a Mate! Vin a Pandora e a Nigel moi xuntiños na cola do xantar, pero preferín non facerlles caso.

O señor Lucas está na cama por culpa do abandono da súa muller, así que miña nai vai coidar del cando remata no traballo. Ela é a única persoa que el quere ver. ¿De onde vai saca-lo tempo logo para coidar de min e mais de meu pai?

Meu pai está de malas. Paréceme que ten ciúmes porque o señor Lucas non quere velo a *el*.

Medianoite. Boas noites Pandora, meu amor de cabelos cor melaza.

Bicos, bicos, bicos, bicos, bicos, bicos.

Martes 27 de xaneiro

A clase de Arte de hoxe estivo guai. Pintei un rapaz solitario de pé nunha ponte. O rapaz acababa de perde-lo seu primeiro amor nas mans do seu ex-mellor amigo. O ex-mellor amigo estaba a loitar entre as augas torrenciais do río. O rapaz ollaba para o seu ex--mellor amigo que afogaba. O ex-mellor amigo dábase un aire con Nigel. O rapaz dábase un aire comigo. A señorita Fossington-Gore dixo que o meu debuxo "tiña profundidade". O río tamén. ¡Ha! ¡Ha! ¡Ha!

Mércores 28 de xaneiro

CUARTO MINGUANTE

Hoxe erguinme cun pouco de catarro. Pedinlle a miña nai que me fixese unha nota de desculpa para non ir a clase de Ximnasia. ¡Dixo que non ía atura-las miñas mexericadas nin un día máis! ¡Gustaríalle a ela correr por un campo cheo de lama baixo unha chuvisca xeada con só un pantalonciño curto e unha camisetiña? Cando o ano pasado participei na carreira dos tres pés, no Día do Deporte do colexio, ela veume ver e levaba posto o seu abrigo de pel e botou unha manta por riba das pernas ¡e iso que era xuño! De tódolos xeitos agora laméntao; tivemos rugby e a miña roupa de deportes quedou tan chea de lama que atoou o cano do desaugadoiro da lavadora.

O veterinario chamou para avisar de que foramos polo can á súa consulta. Leva nove días aló. Meu pai di que vai ter que quedar aló ata que cobre mañá. O veterinario cobra en efectivo e meu pai non ten un peso.

¡Pandora! ¿Por que?

Xoves 29 de xaneiro

Xa volveu o parvo do can. Non penso sacalo a pasear ata que lle medre o pelo das patas. Meu pai viña como a cera da consulta do veterinario, non paraba de dicir "cartos tirados ó lixo", tamén dixo que de aquí en diante o can só vai comer dos refugallos.

Paréceme que o can non vai tardar en morrer de fame.

Venres 30 de xaneiro

Ese porco comunista de Bert Baxter chamou ó colexio para queixarse de que eu deixara as tesouras de podar fóra na choiva. Protestaba porque se lle enferruxaran. Pedía unha indemnización. Conteille ó señor Scruton, o director, que xa estaban enferruxadas, pero estou por dicir que non me creu. Soltoume un sermón sobre o duro que é para a xente maior chegar a fin de mes. Mandoume ir onda Bert Baxter e limparlle e afiarlle as tesouras de podar. Eu queríalle contar ó director todo sobre o noxento Bert Baxter, pero o señor Scruton ten algo que me deixa a mente en branco. Coido que é o xeito en que se lle botan os ollos para fóra cando se enfada.

De camiño á casa de Bert Baxter vin a miña nai e mais ó señor Lucas que saían xuntos dunha axencia de apostas. Saudeinos coa man e berreilles, pero penso que non me deron visto. Alédome de que o señor Lucas estea mellor. Bert Baxter non contestou á porta. Quizais estea morto.

¡Pandora! Aínda estás no meu pensamento, rula.

Sábado 31 de xaneiro

Xa case é febreiro e non teño a quen mandarlle unha tarxeta de san Valentín.

Domingo 1 de febreiro

CUARTO DESPOIS DE EPIFANÍA

A outra noite oíanse moitos berros embaixo. Tiraron o balde do lixo pola cociña e a porta traseira non paraba de bater. Gustaríame que meus pais tivesen un pouco máis de sentidiño. Estou a pasar por momentos emocionais difíciles e preciso durmir. Aínda así, non creo que entendan o que é estar namorado. Levan casados catorce anos e medio.

Fun onda Bert Baxter esta tarde, pero gracias a Deus marchara a Skegness cos do Clube de Xubilados Verdecente. Sabre miraba pola fiestra da sala. Fíxenlle un corte de manga. Espero que non se lembre.

31

Luns 2 de febreiro

PRESENTACIÓN

¡A señora Lucas volveu! Vin como arrincaba da terra árbores e arbustos e os puña na parte traseira dunha furgoneta; despois, meteu tódalas ferramentas de xardinería e marchou. A furgoneta levaba escrito no costado "Refuxio de Mulleres". O señor Lucas veu á nosa casa para falar con miña nai, baixei a dicirlle "ola" pero estaba preocupado de máis para decatarse da miña presencia. Pregunteille a miña nai se ía chegar cedo do traballo, estou farto de esperar polo meu té. Non chegou cedo.

Hoxe botaron a Nigel do comedor por xurar. Dixo que a empanada de salchichas era "todo pan sen unha merda de salchicha". Creo que a señorita Leech levaba razón ó botalo, ó cabo ¡os máis pequenos estaban presentes! Nós, os máis vellos, temos que dar exemplo. Pandora vai presentar unha demanda para protestar pola empanada de salchichas. Non penso asinar.

Hoxe tocaba "Bos Samaritanos", así que me vin na obriga de ir onda Bert Baxter. ¡Latei á proba de Alxebra! ¡Ha! ¡Ha! ¡Ha! Bert deume unha barra rota de pedra de Skegness e dixo que sentía moito ter chamado ó colexio para queixarse polo das tesouras de podar. Dixo que estaba só e que precisaba escoitar unha voz humana. Se eu fose a persoa máis soa do mundo non chamaría ó meu colexio. Tería chamado a información horaria, fálanche cada dez segundos.

Martes 3 de febreiro

Miña nai leva xa días sen facer ningunha das tarefas da casa. Todo o que fai é ir ó traballo, consolar ó señor Lucas e ler e fumar. Ó coche de meu pai estragóuselle a biela. Tívenlle que dicir onde se collía o autobús para baixar á cidade. ¡Un home de corenta anos que non sabe onde queda a parada do autobús! Meu pai levaba tal cara de peixe cocido que me daba vergoña que me visen con el. Respirei cando chegou o autobús. Berreille pola fiestra que non se podía fumar na parte de embaixo, pero dixo adeus coa man e prendeu un cigarro. ¡Poñen unha multa de cincuenta libras por facer iso! Se eu fose o responsable dos autobuses, multaría ós fumadores con mil libras e despois faríalles comer vinte cigarros Woodbines.

Miña nai está a ler *A femia eunuco* de Germaine Greer. Miña nai di que é o típico libro que cambia a túa vida. A miña non a cambiou, claro que só lle botei un ollo por riba. Está cheo de porcalladas.

Mércores 4 de febreiro

LÚA NOVA

¡Tiven a miña primeira polución nocturna! Logo miña nai levaba razón co de *A femia eunuco*. Cambiou a miña vida.

O gran volveuse máis pequeno.

Xoves 5 de febreiro

Miña nai mercou un deses monos que levan os pintores e mailos decoradores. Transparéntanselle as bragas. Espero que non o poña pola rúa.

Mañá vaise face-los buratos das orellas. Creo que se está a volver unha gastadora. A nai de Nigel é unha gastadora. Sempre están a recibir cartas de que lles van corta-la luz, e todo porque a nai de Nigel merca cada semana uns zapatos novos de tacón alto.

Gustaríame saber que fan coa Axuda Familiar do Estado; por dereito correspondaríame a min. Mañá pregúntollo a miña nai.

Venres 6 de febreiro

ASCENSO DA RAÍÑA Ó TRONO, 1952

É unha merda ter unha nai traballadora. Chega ás carreiras con enormes bolsas da compra, fai o té e logo emperiquítase toda ás carreiras. Pero nunca fai nada na casa sen antes ir onda o señor Lucas para consolalo. ¡Hai unha tallada de touciño dende hai tres días, que eu saiba, entre a cociña e a neveira!

Hoxe pregunteille polo da Axuda Familiar, botou a rir e dixo que a usaba para mercar xenebra e tabaco. ¡Se os do Servicio Social saben disto, está apañada!

Sábado 7 de febreiro

Miña nai e meu pai estiveron a berrar sen parar durante horas. Todo empezou pola tallada de touciño ó lado da neveira e seguiu polo que ía custar o amaño

34

do coche de meu pai. Subín ó meu cuarto e puxen os meus discos de Abba. Meu pai tivo a ousadía de abrir a miña porta dun empurrón e pedirme que baixara o volume. Fíxeno. Cando volveu para embaixo, subín o volume outra vez.

Ninguén fixo a cea, así que fun á hamburguesería chinesa e merquei un cartón de patacas fritidas e unha bolsiña de prebe de soia. Sentei baixo a marquesiña do autobús e comín, despois dei unha volta. Estaba triste. Cheguei á casa. Deille de comer ó can. Lin un pouco de *A femia eunuco*. Sentinme un chisco raro. Marchei á cama.

Domingo 8 de febreiro

QUINTO DESPOIS DE EPIFANÍA

Meu pai veu ó meu cuarto esta mañá, dixo que quería falar. Mirou para o meu álbum de Kevin Keegan, amañou o rabelo da porta do meu armario coa súa navalla do exército suízo e preguntoume sobre o colexio. Despois dixo que sentía o dos berros de onte, dixo que miña nai e mais el estaban "a pasar por un mal momento". Preguntoume se tiña algo que dicir. Díxenlle que me debía trinta e dous peniques das patacas chinesas e mailo prebe de soia. Deume unha libra. Polo tanto saqueille sesenta e oito peniques de ganancia.

Luns 9 de febreiro

Esta mañá había un camión de mudanzas á porta da casa do señor Lucas. A señora Lucas e mais outras mulleres carretaban mobles da casa e deixábanos na beirarrúa. O señor Lucas estaba a mirar dende a fiestra do seu cuarto. Semellaba un pouco asustado. A señora Lucas ría e sinalaba para o señor Lucas, e as outras mulleres botaban a rir e cantaban "¿Como foi nacer tan guapo?"

Miña nai chamou por teléfono ó señor Lucas para preguntarlle se se atopaba ben. O señor Lucas dixo que non iría hoxe ó traballo porque tiña que protexer da súa muller o equipo de música e mailos discos. Meu pai axudou á señora Lucas a mete-la estufa de gas no camión de mudanzas, despois el e miña nai marcharon xuntos andando cara á parada do autobús. Eu camiñaba detrás deles porque miña nai levaba uns pendentes longos e bambeantes e a meu pai descoséranselle as voltas do pantalón. Escomezaron a rifar por algo, así que crucei a rúa e marchei para o colexio dando un arrodeo.

Bert Baxter estivo ben hoxe. Faloume da Primeira Guerra Mundial. Contoume que a súa muller salvárase por unha biblia que sempre levaba no peto do peito. Amosoume a biblia, estaba editada no 1956. Coido que Bert vai algo chocho.

¡Pandora! ¡O teu recordo é un tormento continuo!

Martes 10 de febreiro

O señor Lucas vai quedar con nós ata que consiga mobles novos. Meu pai foi a Matlock para tentar vender radiadores eléctricos a un gran hotel.

Escangallouse a caldeira de gas. Vai un frío que escorrenta ás meigas.

Mércores 11 de febreiro

Meu pai chamou dende Matlock para dicir que perdera a tarxeta de crédito e que non podía volver a casa esta noite, así que o señor Lucas e mais miña nai estiveron espertos toda a noite tentando amaña-la caldeira de gas. Baixei ás dez a ver se podía axudar en algo, pero a porta da cociña estaba pechada. O señor Lucas dixo que naquel instante non podía abrir porque estaba nun momento crucial coa caldeira e que miña nai estaba axudándoo e tiña as mans ocupadas.

Xoves 12 de febreiro

NACEMENTO DE LINCOLN

Esta noite atopei a miña nai no baño tinxindo o pelo. Foi un duro golpe para min. Durante trece anos e tres cuartos pensei que tiña unha nai rubia, agora decátome de que en realidade é castaño claro. Miña nai pediume que non llo contara a meu pai. ¡Como lles debe ir o matrimonio! Pregúntome se meu pai sabe que leva recheo nos suxeitadores. Non os pon a secar no tendal, senón que os bota no fondo da secadora. Pregúntome que outros segredos ten miña nai.

Venres 13 de febreiro

¡Hoxe foi un día ben desgraciado!
Pandora xa non vai sentar máis comigo en Xeografía. Vai sentar Barry Kent. Estivo todo o tempo a copia-los meus exercicios e a facer globos de chicle contra

a miña orella. Conteillo á señorita Elf, pero tenlle medo a Barry Kent, así que non lle dixo nada.

Pandora estaba hoxe estupenda, levaba unha saia aberta que deixaba ve-las súas pernas. Ten unha bostela nun xeonllo. Levaba a bufanda de fútbol de Nigel arredor do pulso, pero a señorita Elf viuna e díxolle que a quitara. A señorita Elf non lle ten medo a Pandora. Mandeille unha tarxeta de san Valentín (a Pandora, non á señorita Elf).

Sábado 14 de febreiro

DÍA DE SAN VALENTÍN

Só me mandaron unha tarxeta de san Valentín. Era de miña nai, así que non conta. Miña nai recibiu unha tarxeta enorme, era tan grande que a furgoneta de correos tivo que traela ata a porta. Subíronselle as cores cando abriu o sobre e viu a tarxeta. Estaba guai. Tiña un elefante de satén que termaba dun ramallo de flores de plástico coa trompa e mais un bocadillo que lle saía da boca e que dicía: "¡Ola, bomboncíño! Nunca te esquecerei". Non había nome ningún escrito nela, somentes debuxos de corazóns con "Pauline" escrito dentro deles. A tarxeta de meu pai era moi cativa e tiña un ramallo de flores moradas por diante. Meu pai escribira dentro "tentémolo outra vez".

Este é o poema que escribín na tarxeta de Pandora:

> ¡Pandora!
> Adórote.
> Implórote.
> Non me ignores.

38

Escribino coa man esquerda para que non soubese que era miña.

Domingo 15 de febreiro

SEPTUAXÉSIMA

A outra noite, o señor Lucas volveu á súa casa baleira. Supoño que quedou enfastiado despois do balbordo que se armou polo da tarxeta de san Valentín co elefante. Díxenlle a meu pai que miña nai non ten a culpa de que un home a admire en segredo. Meu pai riu dun xeito noxento e dixo "quédache moito que aprender, meu fillo".

Á hora da cea lisquei para a casa de miña avoa. Fíxome unha cea de domingo como é debido, con mollo e doces de Yorkshire. Tamén saca tempo sempre para facerme flan de verdade.

Levei o can comigo e á tardiña fomos xuntos a dar unha volta para asenta-la cea.

Miña avoa non fala con miña nai dende a liorta polo das chaquetas. Miña avoa di que non pensa "volver poñe-los pés nesa casa nunca máis". A avoa preguntoume se eu cría na vida despois da morte. Díxenlle que non, entón ela contoume que se xuntara cos da Igrexa Espiritualista e que oíra ó meu avó falando do seu ruibarbo. ¡¡O meu avó morreu hai catro anos!! O mércores pola noite vai mirar de poñerse en contacto con el outra vez e quere que vaia con ela. Di que teño unha aura arredor miña. O can esganouse cun óso de polo, pero puxémolo coa cabeza para abaixo e batemos nel ata que botou o óso. Deixei o can coa avoa para que fora recuperándose da tunda.

Busquei "septuaxésima" no meu diccionario de peto. Non o traía. Mañá mirarei no diccionario do colexio.

Levo esperto unha chea de tempo a pensar en Deus, a vida e a morte, e Pandora.

Luns 16 de febreiro

CELEBRACIÓN DO NACEMENTO DE WASHINGTON

¡¡Carta da BBC!! Un sobre branco e alongado que pon BBC con letras grosas e rubias. ¡O meu nome e enderezo na parte de diante! ¿Será que queren os meus poemas? Vaia, pois non. Ven unha carta dun fulano chamado John Tydeman, isto é o que pon:

Querido Adrian Mole:
Gracias polos poemas que enviaches á BBC e que, dalgún xeito, foron parar á miña mesa. Linos con moito interese e, tendo en conta os teus aniños, debo confesar que son un tanto prometedores. Sen embargo, non teñen calidade dabondo para que considerémo-la súa inclusión nun dos nosos actuais programas de poesía. ¿Pensaches en mardarllos á revista da túa escola ou á folla parroquial? (se é que a tedes).

Se, de aquí en diante, desexas presentar á BBC algún traballo teu, suxeriríache que o pasaras a máquina e que quedaras cunha copia para ti. A BBC non atende, polo xeral, propostas escritas a man e, aínda que a presentación estaba coidada, eu mesmo tiven algunha dificultade para identificar tódalas palabras –sobre todo ó final dun poema titulado "A billa" onde había un borrancho coa tinta corrida–. (¿Unha pinga de té ou unha bágoa pingante? ¡Un caso de "billa derramada"!)

Posto que queres seguir coa túa carreira literaria suxíroche que procures desenvolver un bo estómago para aturar, de bo talante e cun mínimo de sufrimento, os moitos e inevitables rexeitamentos que has recibir no futuro.

Cos meus mellores desexos para as túas vindeiras tentativas literarias... e, sobre todo, ¡boa sorte!

Atentamente,

John Tydeman

P. D. Adxunto un poema dun tal John Mole que vén no suplemento literario do *Times* desta semana. ¿É parente teu? É moi bo.

Miña nai e mais meu pai quedaron impresionados de verdade. No colexio sacábaa seguido e lía nela. Esperaba que algún profesor me pedira que a lera, pero ninguén o fixo.

Bert Baxter leuna mentres lle lavaba a súa louza noxenta. ¡Dixo que na BBC eran todos "un fato de drogadictos"! O tío do seu cuñado foi veciño dunha muller que traballaba na Casa da Radio, así que Bert sábeo todo sobre a BBC.

Pandora recibiu dezasete tarxetas de san Valentín. Nigel, sete. ¡Mesmo Barry Kent, a quen todos odian, recibiu tres! Eu simplemente sorría cando alguén me preguntaba cantas recibira. De tódolos xeitos estou por apostar que son o único do colexio que recibiu unha carta da BBC.

Martes 17 de febreiro

Barry Kent dixo que mallaría en min se non lle daba vintecinco peniques cada día. Díxenlle que estaba a perde-lo tempo pedíndome diñeiro con ameazas. Nunca teño cartos de sobra. Miña nai mete a miña paga na conta dunha Sociedade Inmobiliaria e dáme quince peniques para unha barra de chocolate Mars. ¡Barry Kent dixo que lle tería que da-los meus cartos do xantar! Conteille que meu pai pagaba con cheque dende que subira a sesenta peniques diarios, pero Barry Kent golpeoume nos collóns e marchou dicindo "teño máis coma ese".

Apunteime para repartir xornais.

Mércores 18 de febreiro

LÚA CHEA

Erguinme cos collóns doridos. Conteillo a miña nai. Ela quería mirar, pero eu non lle deixei, así que dixo que tería que aguantar e tirar para adiante. Non quixo facerme unha nota de desculpa para Ximnasia, polo que tiven que envorcallarme na lama outra vez. Barry Kent pisoume a cabeza xogando ó rugby. O señor Jones viuno e mandouno para as duchas antes de tempo.

Oxalá tivera unha enfermidade das que non doen para quedar exento de Ximnasia. Algo así como debilidade de corazón valería ben.

Fun busca-lo can á casa da avoa. Lavouno e peiteouno. Ule como a sección de perfumes de Woolworth.

Fun á reunión dos espiritualistas con miña avoa, había unha chea de vellos revellos. Un medio tolo levantouse e dixo que tiña unha radio dentro da cabeza que lle dicía o que tiña que facer. Ninguén lle fixo caso e volveu sentar. Unha muller chamada Alice Tonks comezou a gruñir e a revira-los ollos e a falarlle a alguén chamado Arthur Mayfield, pero o meu avó estivo calado. Miña avoa quedou un pouco triste, así que cando chegamos á casa fíxenlle unha cunca de folerpas de avea Holricks. Deume cincuenta peniques e volvín á casa co can.

Comecei a ler *Rebelión na granxa*, de George Orwell. Penso que de maior poderíame gustar ser veterinario.

Xoves 19 de febreiro

NACEMENTO DO PRÍNCIPE ANDRÉS, 1960

Ten boa perda o Príncipe Andrés, a el protéxeno os seus matóns. Non ten a Barry Kent roubándolle os cartos. ¡Cincuenta peniques que voaron! Oxalá soubese Karate, tronzaría a Barry Kent á altura da tráquea.

Estase moi tranquilo na casa, meus pais non se falan.

Venres 20 de febreiro

Na clase de Xeografía de hoxe, Barry Kent mandou "ó carallo" á señorita Elf, despois ela mandouno onda o señor Scruton para que o castigara. Espero que lle dean cincuenta vergallazos. Voume facer amigo de Craig Thomas. É un dos alumnos máis grandes de terceiro. Inviteino a unha barra de chocolate Mars no recreo. Fixen como que me sentía mal e que non me apetecía comela. Díxome "chachi, Adri". É a primeira vez que me fala. Se xogo ben as miñas cartas poderíame meter na súa banda. Daquela, Barry Kent non ía atreverse a tocarme outra vez.

Miña nai está a ler outro libro sobre sexo, titúlase *O segundo sexo*, é dunha escritora franchute chamada Simone de Beauvoir. Deixouno derriba da mesiña da sala, onde todo o mundo podería velo, ¡ata miña avoa!

Sábado 21 de febreiro

Tiven un soño guai no que Sabre trababa a Barry Kent dun xeito feroz. O señor Scruton e a señorita Elf estaban a mirar. Pandora tamén estaba, levaba posta a saia aberta. Arrodeoume cos seus brazos e dixo, "son do segundo sexo". Entón acordei e atopeime con que tivera a miña segunda P. N. Tiven que mete-lo meu pixama na lavadora para que miña nai non o descubrira.

Hoxe boteille unha boa ollada á miña faciana no espello do baño. Teño cinco grans máis no barbarote. Teño uns poucos peliños no bigote. Paréceme que dentro de pouco vou ter que afeitarme.

Fun ata o garaxe con meu pai, esperaba que lle deran o coche hoxe pero aínda non está amañado. Ten tódalas pezas derriba dunha mesa de traballo. Os ollos de meu pai enchéronse de bágoas. Sentín vergoña del. Fomos ata Sainsbury's. Meu pai mercou latas de salmón, cangrexo e gambas e un pastel Selva Negra e un pouco dun queixo branco noxento cuberto de pebidas de uva. Miña nai púxose coma tola cando chegamos a casa porque meu pai esquecera o pan, a manteiga e o papel hixiénico. Dixo que non se lle podía deixar ir de compras só. Meu pai aledouse un pouco.

Domingo 22 de febreiro

SEXAXÉSIMA

Meu pai foi pescar co can. O señor Lucas veu xantar e quedou para o té. Comeu tres talladas do pastel Selva Negra. Xogamos ó Monopoly. O señor Lucas era a banca. Miña nai ía á cadea de cote. Gañei eu porque era o único que estaba ben concentrado. Meu pai entrou pola porta principal e o señor Lucas saíu pola de atrás. Meu pai dixo que levaba todo o día a pensar no pastel Selva Negra. Non quedaba nada. Meu pai dixo que non probara bocado en todo o día, nin lle picara peixe ningún. Miña nai púxolle de cea o queixo de pebidas e galletas de centeo. Estampouno todo contra a parede e dixo que non era un f***** rato, que era un f***** home, e miña nai contestoulle que había moito que el non a f***** ben f*****. Logo mandáronme ó meu cuarto. É arrepiante oír xurar á túa nai. Penso que a culpa é deses libros que anda a ler. Aínda non lle pasou o ferro ó uniforme do colexio, espero que lle acorde.

Vou deixar durmir ó can no meu cuarto; non lle gustan as liortas.

Luns 23 de febreiro

Recibín carta do señor Cherry, o do quiosco, dicindo que mañá podo comezar a repartir xornais. ¡Que sorte negra!

Bert Baxter está preocupado por Sabre porque non quere comer nada nin quere trabarlle á xente. Pediume que llo levara ó Dispensario de Animais para que o miraran. Díxenlle que o levaría mañá se non melloraba.

45

Estou farto de lavarlle a louza a Bert. Semella que vive a base de ovos fritidos, e non é broma fregar en auga fría e sen lavavaixelas. Tampouco ten nunca un pano de cociña seco. De feito nunca hai panos de cociña e por riba Sabre rachou tódalas toallas de baño, así que non sei como fai Bert para lavarse. Vou mirar se lle consigo unha asistenta a Bert.

Téñome que centrar en saca-las materias de Nivel Superior[1] se quero chegar a veterinario.

Martes 24 de febreiro

SAN MATÍAS

Erguinme ás seis da mañá para o reparto de xornais. Tocoume a Avenida do Olmeiro. É cantidade de elegante. Os xornais que len son todos moi pesados: O *Times*, o *Daily Telegraph* e o *Guardian*. ¡Vaia sorte!

Bert dixo que Sabre estaba mellor, tentou trabarlle ó leiteiro.

Mércores 25 de febreiro

Para a cama cedo por culpa do reparto de xornais. Repartín vintecinco revistas *Punch* ademais dos xornais.

---

[1] N. de T.: No orixinal, GCE (*General Certificate of Education*). No sistema educativo inglés vixente ata 1988, o alumno podía escoller entre dous niveis de dificultade nas materias: CSE, *Certificate of Secundary Education* (no texto aparecen como materias de Nivel Inferior), correspondente a un nivel menor de dificultade, e, GCE (no texto aparecen como materias de Nivel Superior), cunha dificultade maior. Ter aprobadas moitas materias no grao GCE (chamadas *O levels*) facilitaba a entrada á universidade.

Xoves 26 de febreiro

Hoxe mesturáronse os xornais. Á Avenida do Olmeiro tocáronlle o *Sun* e o *Mirror*, e á Rúa Corporacións os xornais pesados.

Non sei por que toda a xente se puxo como tola. Ocórreseme pensar que lles podería gustar ler un xornal diferente, para variar.

Venres 27 de febreiro

CUARTO MINGUANTE

Esta mañá cedo vin a Pandora camiñando á altura do 69 da Avenida do Olmeiro. Levaba unha pucha e pantalóns de montar, así que non debía ir camiño do colexio. Non deixei que me vira. Non quero que saiba que estou a facer un traballo tan baixo.

¡Agora sei onde vive Pandora! Boteille unha boa ollada á súa casa. É moito máis grande cá nosa. En tódalas fiestras ten persianas de madeira das que se enrolan, e os cuartos semellan selvas da cantidade de plantas que teñen. Mirei polo burato do buzón e vin un gato marelo enorme comendo algo derriba da mesa da cociña. Teñen o *Guardian*, *Punch*, *Private Eye* e *New Society*. Pandora le *Jackie*, a revista para rapazas; ela non é unha intelectual coma min. Pero tampouco creo que o sexa a muller de Malcolm Muggeridge.

Sábado 28 de febreiro

Pandora ten un cabaliño gordo e pequeno que se chama "Caravel". Cada mañá dálle de comer e faino saltar por riba duns toneis antes de ir ó colexio. Seino porque me agachei detrás do Volvo do seu pai e logo seguina ata unha campa que hai beira da vía abandonada do tren. Agacheime detrás dun coche escachizado nun recuncho da campa e quedei a axexar. Estaba estupenda co seu equipo de montar, os seus peitos bambeaban coma tolos. Pronto vai precisar de suxeitador. O corazón batíame tan forte na gorxa que me sentín coma un bafle estéreo, así que marchei antes de que me oíra.

A xente queixouse porque os xornais chegaron tarde. Quedoume un *Guardian* na bolsa dos xornais e tróuxeno á casa para lelo. Estaba cheo de frases mal construídas. Dá carraxe cando pensas na cantidade de xente que sabe escribir correctamente e anda sen traballo.

Domingo 1 de marzo

QUINCUAXÉSIMA. SAN DAVID

Collín un pouco de azucre para Caravel antes de face-lo reparto de xornais. Dalgún xeito isto achégame a Pandora.

Acabei co lombo torto de carretar con tódolos suplementos dominicais. Leveille de regalo a miña nai un *Sunday People* que sobrou, pero ela dixo que só servía para poñelo embaixo do balde do lixo. Déronme dúas libras e seis peniques polos seis días, ¡é un traballo de escravo! E teño que darlle a metade a Barry Kent. O señor Cherry dixo que recibira unha queixa do número 69 da Avenida do Olmeiro porque onte non lles chegara o *Guardian*. O señor Cherry mandou un *Daily Express* coas súas desculpas, pero o pai de Pandora tróuxoo de volta ó quiosco e dixo que "prefería non ler nada".

Hoxe non me molestei en le-los xornais, vou farto de xornais. Para o xantar do domingo tivemos "chow mein" e xermolos de xudía.

O señor Lucas veu cando meu pai marchara visitar á avoa. Traía un narciso de plástico na chaqueta.

Quitáronseme tódolos grans. Debe se-lo ar da mañanciña.

Luns 2 de marzo

Miña nai acaba de entrar no meu cuarto e acaba de dicir que ten algo terrible que contarme. Sentei na cama e puxen unha cara ben seria por se lle quedaban seis meses de vida ou por se a colleran roubando nunha tenda ou algo polo estilo. Púxose a enredar coas cortinas, deixou cae-la cinza do cigarro enriba da miña maqueta do concorde e comezou a rosmar algo sobre "relacións de adultos" e sobre o "complicada que é a vida" e sobre como ela tiña que "atoparse a si mesma". Dixo que me tiña cariño. ¡¡Cariño!! E que odiaría facerme mal. E logo dixo que para algunhas mulleres, o matrimonio era como estar na cadea. Despois marchou.

¡O matrimonio non é coma estar na cadea! Ás mulleres déixanas saír tódolos días ata as tendas e todo iso, e moitas delas van ó traballo. Penso que miña nai estase a poñer un chisco dramática.

Rematei *Rebelión na granxa*. É cantidade de simbólica. Chorei cando levaron a Boxer ó veterinario. De agora en diante penso tratar ós porcos co desprezo que merecen. Vou boicotear todo tipo de carne de porco.

Martes 3 de marzo

MARTES DE ENTROIDO

Deille a Barry Kent os cartos das ameazas. Non sei como pode haber Deus. Se o houbese de seguro que non deixaría que a xente como Barry Kent andase por aí ameazando intelectuais. ¿Por que os rapaces máis altos son desagradables cos rapaces máis baixiños? Se cadra os seus cerebros quedan esgotados con todo o traballo extra que teñen que facer para desenvolver ósos máis grandes e todo iso, ou pode que sexa que os rapaces grandes están mal da cabeza por culpa da cantidade de deporte que fan, ou se cadra, ós rapaces grandes simplemente lles *gusta* ameazar e pelexar. Cando vaia á universidade penso estuda-lo asunto.

Publicarán a miña tese e mandareille unha copia a Barry Kent. Se cadra, daquela xa aprendeu a ler.

Miña nai esquecera que hoxe era día de comer filloas. Lembreillo ás 11 da noite. Estou seguro de que as queimou a propósito. Farei catorce anos de aquí a un mes.

Mércores 4 de marzo

MÉRCORES DE CINZA

Levei unha sorpresa repugnante esta mañá. Volvía coa bolsa dos xornais baleira cara ó quiosco do señor Cherry, cando vin ó señor Lucas a mirar entre esas revistas do andel de enriba. Púxenme detrás do panel dos *Mortadelos* e vin ben clariño como collía un exemplar de *Grandes e Bambeantes*, pagouno e marchou con el agachado dentro do abrigo. *Grandes e Bambeantes* é unha porcallada completa. Está chea de fotos noxentas. Miña nai debería saber disto.

Xoves 5 de marzo

Meu pai trouxo hoxe o coche do garaxe. Estivo dúas horas enteiras a limpalo e a ollar engaiolado para el. Decateime de que desaparecera da fiestra traseira a man adhesiva que eu lle regalara polo Nadal e que decía adeus cun abaneo. Díxenlle que tiña que reclamar no garaxe, pero el dixo que non quería armar unha lea. Fomos onda a avoa para proba-lo coche. Deunos unha cunca de sopa instantánea Bovril e un anaco dun pastel de sementes noxento. Non preguntou como estaba miña nai, dixo que meu pai estaba delgado e esvaído e que precisaba que o "cebaran ben".

Contoume que botaran a Bert Baxter do Clube de Xubilados Verdecente polo seu mal comportamento en Skegness. O autobús estivo a esperar dúas horas por el na estación. Mandaron un grupiño a buscalo polos bares, logo chegou Bert, viña bébedo pero só, así que mandaron outro grupiño na procura do primeiro grupiño. Ó cabo tiveron que chamar á policía para buscalos e levoulles varias horas xuntar a tódolos xubilados e metelos no autobús.

Miña avoa dixo que a excursión fora un pesadelo. Os xubilados non paraban de caer (caían uns derriba dos outros, non do autobús). Bert Baxter recitou un poema porcallento sobre un esquimal e á señora Harriman deulle un mal e houbo que afrouxarlle a faixa.

A avoa dixo que xa finaran dous xubilados dende a excursión e botoulle a culpa a Bert Baxter, e logo dixo:

"é o mesmo que se os matara", pero eu penso que máis ben debeu se-lo vento frío de Skegness o que os matou. Eu dixen: "Bert Baxter non é tan malo cando chegas a coñecelo ben". Ela dixo que non entendía por que O Noso Señor levaba ó meu avó e deixaba a xentalla como Bert Baxter. Logo apertou os beizos e secou os ollos cun pano, así que marchamos.

Miña nai non estaba cando chegamos a casa, meteuse nun grupo de mulleres.

Oín como meu pai lle dicía "boas noites" ó coche. ¡Debe estar a tolear!

Venres 6 de marzo

LÚA NOVA

O señor Cherry está moi contento co meu traballo e subiume o soldo dous peniques e medio cada hora. Tamén me ofreceu face-lo reparto da Rúa das Corporacións polas tardes, pero non aceptei. A Rúa das Corporacións é onde o Concello mete a tódolos inquilinos problemáticos. Barry Kent vive no número 13.

O señor Cherry deume dous exemplares atrasados do *Grandes e Bambeantes*. Díxome que non llo contara a miña nai. ¡Érache boa! Metinos embaixo do colchón. Ós intelectuais coma min permíteselles certo interese polo sexo. É á xentiña como o señor Lucas á que lle debería dar vergoña.

Hoxe chamei ó Servicio Social e preguntei por unha asistenta para Bert Baxter. Conteilles unha mentira, díxenlles que era o seu neto. O luns van mandar unha asistenta para velo.

Usei o carné de biblioteca de meu pai para sacar *Guerra e paz*. Perdín o meu.

Levei o can onda Caravel para que se coñecesen. Lévanse ben.

Sábado 7 de marzo

Despois do reparto volvín á cama e botei toda a mañá a ler no *Grandes e Bambeantes*. *Sentín* o que nunca antes *sentira*.

Fun ata os grandes almacéns Sainsbury's con miña nai e meu pai; as mulleres que alí había recordábanme ás de *Grandes e Bambeantes,* ¡mesmo as que pasaban dos trinta! Miña nai dixo que semellaba acorado e incómodo e mandoume ó aparcadoiro subterráneo a facerlle compaña ó can.

O can xa tiña compaña, estaba a ladrar e a laiarse de tal xeito que había unha morea de xente ó redor dicindo "pobriño" e "que crueldade deixalo atado dese xeito". O can prendera o colar na panca de cambios e estaba cos ollos que se lle saían. Cando me viu intentou dar un brinco e case se mata.

Tratei de explicarlle á xente que de maior ía ser veterinario, pero non me escoitaron e comezaron a dicir algo sobre a Sociedade Protectora de Animais. O coche estaba pechado, así que tiven que rompe-la fiestra pequena e mete-la man para quitarlle o seguro. O can púxose tolo de contento cando o ceibei, despois, a xente marchou. Pero cando meu pai viu a desfeita non se puxo tolo de contento, púxose feito unha furia. Tirou ó chan as bolsas de Sainsbury's, rompeu os ovos, esmagou os pasteis e levounos a casa conducindo coma un salvaxe. Ningúen dixo nada camiño da casa, soamente o can estaba a sorrir.

Rematei *Guerra e paz*. É moi bo.

Domingo 8 de marzo

PRIMEIRO DE CORESMA

Miña nai marchou a un cursiño sobre reivindicación agresiva. Non se lles permite a entrada ós homes. Pregunteille a meu pai que era o de "reivindicación agresiva". El dixo: "sabe Deus, pero sexa o que sexa, non vai ser boa cousa para min".

Para o xantar do domingo tivemos bacallao precociñado con prebe de manteiga e patacas ó forno, seguido de pexegos en lata e Dan-up. Meu pai abriu unha botella de viño branco e deixoume botarlle un grolo. Non sei moito sobre viño, pero semellaba unha boa colleita. Vimos unha película na televisión, despois chegou miña nai e comezou a dar ordes. Dicía, "acabóuseme a paciencia" e "as cousas van cambiar nesta casa", e outras cousas polo xeito. Despois meteuse na cociña e púxose a facer unha táboa para dividi-lo traballo da casa en tres partes. Indiqueille que eu tiña xornais que repartir, un xubilado do que coidar e un can ó que alimentar, ademais dos deberes do colexio, pero ela non me escoitou, chantou a táboa na parede e dixo: "comezamos mañá".

Luns 9 de marzo

DÍA DA COMMONWEALTH

Freguei a taza, limpei o lavabo e o baño antes do reparto de xornais. Cheguei a casa, fixen o almorzo, puxen a lavadora, marchei para o colexio. Deille os cartos a Barry Kent, fun onda Bert Baxter, agardei pola asistenta social que non veu, xantei no colexio. Tivemos clase de Fogar, fixemos pastel de mazá. Cheguei a casa. Paseille a aspiradora ó recibidor, á sala e ó comedor. Pelei patacas, piquei un repolo, cortei un dedo, lavei o sangue do repolo. Puxen chuletas na grella, busquei unha receita para facer mollo nun libro de cociña. Fixen o mollo. Quiteille os grumos cunha escumadeira. Puxen a mesa, servín o xantar, freguei a louza. Deixei as tixolas queimadas a remollo. Saquei a roupa da lavadora, estaba toda azul, ata a roupa interior branca e os panos dos mocos. Colguei a bogada no tendal. Deille de comer ó can. Pasei o ferro á roupa de Ximnasia. Limpei o baño. Preparei tres cuncas de té. Freguei as cuncas. Marchei para a cama. ¡Vaia sorte ter unha nai agresiva!

Martes 10 de marzo

NACEMENTO DO PRÍNCIPE EDUARDO, 1964

¿Por que non podía ser eu o Príncipe Eduardo e o Príncipe Eduardo ser Adrian Mole? Trátanme como a un escravo.

Mércores 11 de marzo

Cheguei ó colexio a rastro despois de repartir xornais e traballar na casa. Miña nai non quixo facerme unha nota de desculpa para Ximnasia, así que deixei a roupa de Ximnasia na casa. Non era quen de correr con aquel vento frío.

O sádico do señor Jones fíxome ir correndo a casa para colle-la roupa de Ximnasia. O can debeume seguir cando saín da casa porque cando cheguei á porta do colexio atopeino de fociños. Tentei deixalo fóra, pero pasou por entre o enreixado e seguiume ata o patio. Botei a correr para os vestiarios e deixeino fóra, pero podía oí-lo eco do seu ladrido por todo o colexio. Tentei saír ás agachadas ata o campo de deportes, pero o can viume e veu detrás miña; despois viu que estaban a xogar ó fútbol e apuntouse á clase. O can é moi bo xogando ó fútbol, mesmo o señor Jones estivo a rir, ata que o can picou o balón.

O señor Scruton, o director de ollos saltóns, viuno todo dende a fiestra. Mandoume leva-lo can á casa. Díxenlle que entón non chegaría para o xantar no comedor, pero el dixo que iso me ía ensinar a non traer animais á escola.

A señora Leech, a xefa de cociña, tivo un detalle ben amable. Meteu no forno o meu arroz con curri, pastel de pasas e flan, para mantelo todo quentiño. Á señora Leech non lle gusta o señor Scruton, así que me deu un óso enorme para que llo levara ó can.

Xoves 12 de marzo

Cando me erguín hoxe pola mañá, atopeime a cara toda chea de grans enormes e vermellos. Miña nai dixo que era cousa dos nervios, pero eu estou convencido de que a miña dieta non é a axeitada. Ultimamente comemos moita cousa precociñada. Se cadra, son alérxico ó plástico. Miña nai chamou á consulta do doutor Gray para concertar cita, ¡pero o máis axiña que pode atenderme é o vindeiro luns! ¡Se por el é, podería ter malaria e contaxiarlla a todo o barrio! Díxenlle a miña nai que contara que era unha emerxencia, pero ela dixo que estaba a "esaxerar coma sempre". Dixo que ter uns poucos grans non significaba que estivese para morrer. Cando me dixo que iría ó traballo coma sempre, non o daba crido. ¿E que o seu fillo non debería estar por riba do seu traballo?

Chamei a miña avoa e veu en taxi e levoume á súa casa e meteume na cama. Agora estou nela. Todo está limpo e tranquilo. Levo posto o pixama do meu defunto avó. Acabo de tomar unha cunca de cebada e sopa de carne. E a primeira comida en condicións dende hai varias semanas.

Espero que se arme unha boa liorta cando miña nai chegue a casa e vexa que marchei. Francamente, querido diario, tanto me ten.

Venres 13 de marzo

CUARTO CRECENTE

O médico de urxencias veu á casa da miña avoa onte ás 11:30 da noite. Diagnosticou que padezo de *acne vulgaris*. Dixo que era tan común, que se consideraba como un estado normal da adolescencia. Dixo que era bastante improbable que eu tivera malaria, posto que non estiven en África este ano. Díxolle a miña avoa que quitara as sabas desinfectadas das fiestras e das portas. A avoa dixo que procuraría unha segunda opinión. Aquí foi onde o doutor perdeu os nervios. Púxose a berrar a grandes voces, "¡polo amor de Deus, o rapaz non ten máis que uns poucos grans de adolescente!"

A avoa dixo que se queixaría ó Colexio de Médicos, pero o doutor botou a rir, baixou as escaleiras e deu un portazo ó marchar. Meu pai veu antes de ir ó traballo tróuxome os deberes de Sociais e mailo can. Dixo que se non estaba fóra da cama cando chegara á casa pola mañá, mallaría en min ata deixarme medio morto.

Colleu a miña avoa e levouna á cociña e estivo a berrar con ela. Oíno dicir: "As cousas van moi mal entre Pauline e mais eu, e o único polo que rifamos agora é por ver quen non se encarga da custodia de Adrian". Seguramente meu pai trabucouse. O que el quería dicir era *quen se encarga* da miña custodia.

O peor xa chegou, a miña pel botouse a perder e meus pais sepáranse.

Sábado 14 de marzo

Xa é oficial. ¡Vanse divorciar! Ningún dos dous quere deixa-la casa, así que están transformando o cuarto que sobra nunha habitación para meu pai. Esto pode ter moi malas consecuencias para min. Poderíame impedir ser veterinario.

Miña nai deume cinco libras esta mañá e díxome que non llo contara a meu pai. Merquei crema para os grans e o último disco de Abba.

Chamei ó señor Cherry e díxenlle que tiña problemas persoais e que non podería ir ó traballo durante varias semanas. O señor Cherry dixo que xa sabía que meus pais ían divorciarse porque meu pai cancelara a subscrición de miña nai ó *Cosmopolitan*.

Meu pai deume cinco libras e díxome que non llo contara a miña nai. Gastei parte en papel violeta e sobres para que os da BBC queden impresionados e lean os meus poemas. O resto terei que gardalo para Barry Kent. Non creo que haxa no mundo ninguén máis desgraciado ca min. Se non tivera a miña poesía, a estas alturas xa estaría tolo.

Saín dar un paseo triste e leveille un quilo de mazás ó cabalo de Pandora. Ocorréuseme un poema sobre Caravel e escribino cando cheguei á casa onde vivo.

Caravel, por Adrian Mole, de case catorce anos

Cabaliño marrón
que comes mazás
o meu corazón,
se cadra, sandará.
Paso a man por onde Pandora gustaba sentar
cos seus pantalóns e pucha de montar.
Adeus, cabalo marrón.
Voume, xa ves.
A choiva e a lama molláronme os pés.

Mandeino á BBC. Escribín "urxente" no sobre.

Domingo 15 de marzo

SEGUNDO DE CORESMA

A casa está moi tranquila. Meu pai está a fumar sentado no cuarto libre e miña nai está a fumar sentada no seu cuarto. Non comen moito.

O señor Lucas chamou tres veces a miña nai. Ela só lle di "aínda non, é demasiado pronto". Pode que el lle preguntara se quería ir tomar algo ó pub para esquece-las procupacións.

Meu pai meteu o tocadiscos no cuarto. Está a escoita-los seus discos de Jim Reeves e a mirar pola fiestra. Leveille unha cunca de té e dixo "gracias, fillo" con voz afogada.

Miña nai estaba a mirar cartas vellas de meu pai cando lle levei o té; dixo: "Adrian, ¿que pensarás de nós?". Dixen que Rick Lemon, o xefe xuvenil, pensa que o divorcio é culpa da sociedade. Miña nai dixo: "Que merda de sociedade".

Lavei e paseille o ferro ó uniforme do colexio para telo listo para mañá. Estoume a facer moi bo nas tarefas da casa.

Os meus grans dan tanto arrepío que non aturo falar deles. Todos van facer burla de min no colexio.

Estou a ler *O home da máscara de ferro*. Sei perfectamente como se sente.

Luns 16 de marzo

Fun ó colexio. Estaba pechado. Na miña anguria esquecera que temos vacacións. Non quería voltar á casa, así que fun onda Bert Baxter. Dixo que viñera velo a asistenta social e que lle prometera conseguirlle a Sabre unha caseta nova, pero que non podía conseguirlle unha asistenta (a Bert, non a Sabre).

Outra vez tiña no vertedeiro a louza de toda a semana. Bert di que a reserva para min, porque eu sei facer un bo traballo. Mentres fregaba conteille a Bert o do divorcio dos meus pais. Dixo que non aprobaba o divorcio. Dixo que el estivera casado durante trinta e cinco condenados anos, conque por qué ía librarse ninguén diso. Contoume que tiña catro fillos e que ningún deles o viña ver. Dous están en Australia, polo que a culpa non é deles, pero ós outros dous debería darlles vergonza. Bert ensinoume unha foto da súa defunta muller, sacáranlla antes de que se fixera a cirurxía estética. Bert contoume que estaba a traballar como mozo de cuadra nun criadeiro de cabalos cando

casara e que non se decatara de que a súa muller seme-
llaba un cabalo ata que se puxo a traballar no ferroca-
rril. Pregunteille se lle gustaría ver un cabalo outra vez.
Díxome que si, así que o levei á ver a Caravel.

Tardamos mil de tempo en chegar aló. Bert camiña
condenadamente a modo, cada pouco sentaba nos
muros dos xardíns, aínda que ó final demos chegado.
Bert dixo que Caravel non era un cabalo, senón unha
femia de poni. Estivo a acariñala mentres dicía:
"¿Quen é a máis fermosa, eh?" Despois Caravel botou
a correr por alí e nós sentamos no coche escachado.
Bert colleu un cigarro Woodbine e eu un chocolate
Mars. Logo voltamos á casa de Bert. Fun á tenda e
merquei un paquete de chow mein Vesta e biscoito
instantáneo para o xantar, por unha vez Bert comeu
decentemente. Vimos unha teleserie, e logo Bert ensi-
noume os seus vellos cepillos para cabalos e fotografías
da casa enorme na que traballara de rapaz. Dixo que
fora alí onde se convertera en comunista, pero quedou
durmido antes de que me puidera explicar por qué.

Cheguei á casa e non había ninguén, así que puxen
os meus discos de Abba a todo volume ata que a xorda
da veciña comezou a petar na parede.

Martes 17 de marzo

DÍA DE SAN PATRICIO. FESTIVO EN IRLANDA
DO NORTE E NA REPÚBLICA DE IRLANDA

Mirei o *Grandes e Bambeantes*. Medín a miña "cou-
sa". Ten once centímetros.

O señor O'Leary, que vive do outro lado da rúa,
¡xa estaba bébedo ás dez da mañá! Botárono da carni-
cería por cantar.

Mércores 18 de marzo

Miña nai e meu pai están a falar con avogados. Supoño que están a pelexar por ver quén consegue a miña custodia. Serei o neno do tirapuxa amoroso, e a miña foto sairá nos xornais. Espero que se me vaian os grans antes diso.

Xoves 19 de marzo

O señor Lucas puxo a súa casa en venda. ¡Miña nai di que pide trinta mil libras por ela!

¿Que vai facer con tantos cartos?

Miña nai di que pensa mercar outra casa máis grande. ¿Como se pode ser tan torda?

Se eu tivese trinta mil libras percorrería o mundo e viviría novas experiencias.

Non levaría cartos auténticos comigo, porque lin que a maioría dos estranxeiros son uns ladróns. En lugar diso levaría trinta mil libras en cheques de viaxe cosidos por dentro dos pantalóns. Antes de marchar, faría o seguinte:

a) Mandaríalle tres ducias de rosas a Pandora.

b) Daríalle cincuenta libras a un mercenario para que mallara en Barry Kent.

c) Mercaría a mellor bici de carreiras do mundo e pasearía con ela por diante da casa de Nigel.

d) Para que o can estivese ben mantido mentres estou de viaxe, encargaría unha enorme caixa chea de comida da cara para cans.

e) Mercaría unha asistenta para Bert Baxter.

f) Ofreceríalle a miña nai e mais a meu pai mil libras (a cada un) para que seguiran xuntos.

Cando voltara do mundo sería alto, estaría moreno e cheo de experiencias retranqueiras, e Pandora choraría derriba da almofada por deixar pasar a oportunidade de ser a señora Pandora Mole. Sacaría a carreira de veterinario nun chiscar de ollo e logo mercaría unha granxa. Adicaría un dos cuartos a estudio para ter algún sitio tranquilo onde poder ser intelectual.

¡Non tiraría trinta mil libras nunha desas casas de dous portais!

Venres 20 de marzo

PRIMEIRO DÍA DA PRIMAVERA. LÚA CHEA

É o primeiro día da primavera. O Concello talou tódolos olmeiros da Avenida dos Olmeiros.

Sábado 21 de marzo

Meus pais están a comer cousas diferentes a horas diferentes, así que, polo xeral, fago seis comidas diarias porque non quero feri-los sentimentos de ningún deles.

A televisión está no meu cuarto porque non deron decidido a quen dos dous pertencía. Podo ver dende a cama as películas de terror que botan polas noites.

Comezo a sospeitar algo sobre os sentimentos de miña nai cara ó señor Lucas. Atopei unha nota que el lle escribira; dicía así: "Pauline, ¿canto tempo máis? Polo amor de Deus, ven canda min. Sempre teu, Bimbo."

Aínda que estaba asinado por "Bimbo", sei que era do señor Lucas porque estaba escrita pola parte de atrás dun aviso de corte de luz ó seu nome.

Meu pai debería saber disto. Metín a nota embaixo de meu colchón, coas *Grandes e Bambeantes*.

Domingo 22 de marzo

TERCEIRO DE CORESMA. COMEZA O HORARIO DE VERÁN NAS ILLAS BRITÁNICAS

É o aniversario de miña avoa; fai sesenta e seis; e ben que se lle botan. Leveille unha tarxeta de felicitación e unha planta, chámase lirio leopardo, o nome estranxeiro é *Dieffenbachia*. Ten unha etiqueta de plástico chantada na terra que di: "Teña coidado, a seiva desta planta é velenosa". Miña avoa preguntou quen escollera a planta. Díxenlle que fora miña nai.

¡Miña avoa está moi contenta de que meus pais se divorcien! Dixo que ela sempre pensara que miña nai tiña un algo de libidinosa e que agora quedara probado que levaba razón.

Non me gustou que falara de miña nai daquel xeito, así que marchei para casa. Conteille a miña avoa que quedara cun amigo, pero o certo é que non teño amigo ningún, debe ser porque son un intelectual. Creo que lle poño respecto á xente. Busquei no diccionario o que significaba "libidinosa". ¡Non é cousa boa!

Luns 23 de marzo

De volta ó colexio ¡Vaia sorte negra! Hoxe tivemos clase de Fogar. Fixemos patacas ó forno recheas de queixo. As miñas patacas eran máis grandes cás dos outros, polo que aínda non estaban ben feitas cando rematou a clase, así que acabei de cociñalas na casa de Bert Baxter.

El quería ir outra vez onda Caravel, o cal era unha leria porque lle leva moito ir a calquera sitio. Pero fomos, calquera cousa é mellor que unha clase de Mates.

Bert levou os seu cepillos para cabalos e limpou ben a fondo a Caravel. Cando rematou, brillaba máis ca unha mazá. Bert quedou sen folgos, así que sentou no coche escachado e botou un cigarro, logo voltamos camiñando á casa de Bert.

Sabre está de mellor humor desque ten a súa casetiña, e a casa de Bert está en mellores condicións ó deixar fóra a Sabre. Bert contoume que a asistenta social pensaba que el debería ir a un fogar de vellos onde o puidesen coidar mellor. Bert non quere ir. Contoulle unha mentira á asistenta social, díxolle que o seu neto viña coidalo tódolos días. A asistenta social vaino comprobar, ¡podo meterme nunha boa por suplantación de personalidade! Non sei cantas preocupacións máis vou poder aturar.

Martes 24 de marzo

Ben entrada a noite, vin a miña nai e ó señor Lucas marchar no coche do señor Lucas. Ían a algún sitio especial, porque miña nai levaba un mono cheo de abelorios. Si que parecía un chisco libidinosa. O señor Lucas levaba o seu mellor traxe e unha morea de xoias de ouro. Para ser un vello sabe como vestirse.

Se meu pai coidara máis o seu aspecto, nada disto tería acontecido. Salta á vista que calquera muller vai preferir a un home cun traxe e unha chea de xoias que a un como meu pai, que case nunca se barbea e leva roupa vella e ningunha xoia.

Media noite. Nai aínda non chegou casa.

2 da mañá. Nin rastro de miña nai.

Mércores 25 de marzo

ANUNCIACIÓN DA VIRXE

Quedei durmido, así que non sei a qué hora chegou miña nai. Meu pai dixo que ela fora á cea-baile de Nadal da axencia de seguros. ¡En marzo! ¡Veña xa, papá! ¡Non che nacín onte! Hoxe en Ximnasia tocou natación. A auga estaba coma o xeo e tamén os vestiarios. Vou ver se collo uns fungos nos pés para non ter que ir a vindeira semana.

Xoves 26 de marzo

A policía levou á comisaría a Barry Kent por non levar luz traseira na bici. Espero que o manden a un reformatorio. Viríalle ben un susto pequeno e agudo.

Venres 27 de marzo

¡Pandora e Nigel romperon! Sábeo todo o colexio. É a mellor nova dende hai moito tempo.

Estou a ler *Madame Bovary*, doutro escritor franchute.

Sábado 28 de marzo

CUARTO CRECENTE

Nigel acaba de marchar, véselle abatido. Tratei de consolalo. Díxenlle que quen atopaba unha atopaba un cento e que había máis mulleres no mundo que pelos teñen cen vacas, pero el estaba aflixido de máis para escoitar.

Conteille o das miñas sospeitas sobre miña nai e mailo señor Lucas e el dixo que levaban así moito tempo e que ¡¡todo o mundo o sabía agás eu e mais meu pai!!

Tivemos unha longa conversa sobre bicis de carreiras; despois, Nigel marchou para a súa casa a pensar en Pandora.

Mañá é o Día da Nai. Non sei se regalarlle algo ou non. Só teño sesenta e oito peniques.

Domingo 29 de marzo

CUARTO DE CORESMA. DÍA DA NAI

Onte pola noite meu pai deume tres libras. Dixo, "mércalle á túa nai algo decente, fillo, podería se-la derradeira vez". Dende logo non tiña pensado ir ata o centro por ela, así que fun onda o señor Cherry e merquei unha caixa de bombóns Black Magic e unha tarxeta que puña: "Para unha nai marabillosa". Os fabricantes de tarxetas deben pensar que tódalas nais son marabillosas, porque todas e cada unha das tarxetas traían a palabra "marabillosa" escrita nalgures. Estiven por raiar "marabillosa" e poñer "libidinosa" no seu lugar, pero non o fixen. Escribín, "do teu fillo, Adrian". Deilla esta mañá. Ela dixo: "Adrian, non tiñas por qué facelo". Levaba razón, non tiña por qué facelo.

Agora teño que parar. Miña nai amañou o que ela deu en chamar "unha xuntanza civilizada". O señor Lucas tamén vai asistir. ¡Por suposto eu non estou invitado! Vou escoitar dende detrás da porta.

Luns 30 de marzo

A outra noite pasou unha cousa terrible. Meu pai e o señor Lucas puxéronse a pelexar no xardín *de diante* da casa, ¡toda a rúa saíu a mirar! Miña nai tentou separalos, pero ámbolos dous lle dixeron: "ti non te metas". O señor O'Leary tentou axudar a meu pai, púxose a berrar: "¡dálle unha da miña parte a ese cabrón, George!". A señora O'Leary berráballe cousas moi feas a miña nai. Polas cousas que dicía, estivera ó tanto dos movementos de miña nai dende o Nadal. A xuntanza civilizada rematou a iso das cinco, cando meu pai descubriu o tempo que miña nai e mailo señor Lucas levaban namorados.

Tiveron outra xuntanza civilizada a iso das sete, pero cando miña nai revelou que marchaba a Sheffield co señor Lucas, meu pai volveuse incivilizado e comezou a pelexar. O señor Lucas saíu correndo ó xardín, pero meu pai botóuselle ós pés como no rugby e tirouno derriba do loureiro e a pelexa escomezou outra vez. O certo é que era moi emocionante. Tiña moi boa visión dende a fiestra do meu cuarto. A señora O'Leary dixo, "eu ben que o sinto polo cativo", e todo o mundo levantou a vista e mirou para min, así que puxen unha cara especialmente triste. Supoño que esta experiencia me vai provocar un trauma nalgún momento máis adiante. Polo de agora estou ben, pero nunca se sabe.

Martes 31 de marzo

Miña nai marchou a Sheffield co señor Lucas. Tivo que conducir ela, porque o señor Lucas non podía ver cos ollos morados. Informei á secretaria do colexio da deserción de miña nai. Ela foi moi amable e deume un formulario para meu pai, é para xantar de balde no colexio. Agora somos unha familia de proxenitor único.

Nigel pediulle a Barry Kent que non se metera comigo durante unhas semanas. Barry Kent dixo que tiña que pensalo.

Mércores 1 de abril

DÍA DOS INOCENTES

Nigel chamou esta mañá facéndose pasar por un empregado da funeraria e preguntou onde había que ir recolle-lo corpo. Meu pai contestou ó teléfono. ¡De verdade! Non ten ningún sentido do humor.

Aínda rin un bo anaco dicíndolles ás rapazas que se lles vía o biso, malia que non era certo. Barry Kent trouxo unha bolsiña de po picapica á clase de Arte e puxo un pouco dentro das botas militares da señorita Fossington--Gore. Outra que non ten ningún sentido do humor. Barry Kent botoumo polas costas. Non tivo ningunha gracia. Tiven que ir á enfermería para que mo quitasen.

A casa vese moi suxa porque meu pai non fai ningún traballo doméstico. O can está a salaiar por miña nai.

Nacín hai exactamente trece anos e trescentos sesenta e catro días.

Xoves 2 de abril

¡Hoxe cumpro catorce anos! Meu pai regaloume un chándal e un balón de fútbol. (É completamente insensible ás miñas necesidades). Miña avoa Mole,

O libro do rapaz carpinteiro. (Non digo nada.) O meu avó Sudgen, unha libra dentro dunha tarxeta. (O último dos grandes desbaldidores.) O mellor de todo foron as dez libras de miña nai e as cinco do señor Lucas. (A mala conciencia.)

Nigel mandou unha tarxeta de broma; por diante poñía: "¿Quen é seductor, engaiolante, intelixente e bo mozo?". Dentro poñía: "Dende logo ti non, tío". Nigel escribiu "non te enfades, colega". Puxo dez peniques dentro do sobre.

Bert Baxter mandou unha tarxeta ó colexio porque non sabe onde vivo. A súa letra mola cantidade, coido que se chama "conmemorativa". A tarxeta traía por diante a foto dun pastor alemán. Bert escribira dentro: "Cos mellores desexos de Bert e Sabre. P. D. Vertedeiro atoado". Dentro da tarxeta había un vale de dez chelíns para mercar un libro. Xa estaba caducado dende decembro de 1958, aínda que a intención era boa.

¡Logo por fin teño catorce anos! Estiven un bo anaco a ollarme no espello e coido que se albisca un algo de madurez. (Á parte da leria dos grans.)

Venres 3 de abril

Hoxe saquei a máxima nota no exame de Xeografía. ¡Si! ¡Podo afirmar con orgullo que acertei vinte de vinte! ¡Tamén me felicitaron pola presentación tan limpa do meu traballo! Non hai nada que eu non saiba sobre a industria norueguesa do coiro. Barry Kent semella disfrutar sendo un ignorante. Cando a señorita Elf lle preguntou a relación xeográfica entre Noruega e Gran Bretaña, dixo "neta da curmá da tía". Dóeme contar que tamén Pandora botou a rir xunto co resto da clase.

70

Só a señorita Elf e mais eu mantivémo-la compostura. Desatoei o vertedeiro de Bert Baxter, estaba cheo de ósos e follas de té. Díxenlle a Bert que lle sería moito mellor usar bolsiñas de té. ¡A fin de contas estamos no século vinte! Bert dixo que miraría de intentalo. Conteille que miña nai fuxira cun axente de seguros, el dixo: "¿Foi un caso de forza maior?". Despois botou a rir ata que os ollos se lle encheron de bágoas.

Sábado 4 de abril

LÚA NOVA

Eu e mais meu pai démoslle hoxe unha limpeza xeral á casa. Non tiñamos elección: miña avoa vén toma-lo té mañá. Pola tarde fomos a Sainsbury's. Meu pai colleu un carriño que non había quen o manexara. Tamén renxía como se alguén estivera a torturar un gato. Dábame vergoña que me oíran con el. Meu pai colleu comida desa que non lle fai ben a ninguén. Tívenme que poñer cacholán e insistirlle para que mercara froita fresca e leituga. Cando chegamos á caixa non daba atopado a tarxeta de crédito, a caixeira non quería aceptar un cheque sen ela, así que tivo que vi-lo encargado para dete-la liorta. Tívenlle que deixar a meu pai parte dos cartos do aniversario. Polo tanto, débeme oito libras trinta e oito peniques e medio. Fíxenlle asinar unha obriga de pagamento na parte de atrás do recibo de compra.

Así e todo, recoñezo que un se ten que descubrir diante de Sainsbury's, saben como atraer a un tipo mellor de clientela. Vin como un crego escollía papel hixiénico, levou un paquete de catro rolos de papel violeta de triple capa. ¡Debe ter cartos a cachón! Puido ter mercado do branco e darlle a diferencia ós pobres. ¡Vaia hipócrita!

Domingo 5 de abril

PAIXÓN DE CRISTO

Nigel veu esta mañá. Aínda anda tolo por Pandora. Tentei facerlle pensar noutra cousa falándolle da industria norueguesa do coiro, pero non sei por qué, non foi quen de interesarse polo asunto.

Fixen que meu pai se erguera da cama á 1 da tarde. Non sei por qué vai ter que estar amolecendo na cama todo o día mentres eu estou levantado a facer cousas. Ergueuse e saíu lava-lo coche. Atopou un pendente de miña nai no asento de atrás e quedou sentado a espreitar para el. Dixo, "Adrian, ¿botas de menos a túa nai?" Eu contesteille, "pois claro que si, pero hai que seguir vivindo". Entón el dixo, "non vexo por qué". Dei en pensar que igual lle daba por matarse, así que fun axiña ó andar de arriba e levei do baño todo canto puidese ser perigoso.

Cando eu estaba a lava-la louza, despois de xantar rosbif conxelado, el púxose a berrar pola súa maquiniña de afeitar dende o baño. Conteille unha mentira e berreille que non sabían onde ía. Entón arramplei con tódolos coitelos e obxectos punzantes do caixón da cociña. El tentou facer funciona-la maquiniña eléctrica, pero tiña as pilas gastadas e amofadas.

Gústame pensar que son unha persoa de mente aberta, pero a linguaxe que utilizou meu pai era inaceptable, ¡e todo porque non podía barbearse! O té fíxose un pouco pesado. Miña avoa non paraba de dicir cousas horribles sobre miña nai e meu pai non paraba de repetir canto a botaba de menos. ¡Ninguén se decatou de que tamén eu estaba alí! ¡Fixéronlle máis caso ó can cá min!

Miña avoa berrou con meu pai por deixar barba. Díxolle, "débeche parecer moi gracioso andar coma un comunista, George, pero a min non mo parece". Dixo que mesmo cando meu avó estaba nas trincheiras en Ypres barbeábase tódolos días. Ás veces tiña que escorrenta-las ratas para que non lle roeran no xabrón de barbear. Dixo que mesmo cando estaba no cadaleito barbeárano os da funeraria, así que se os mortos podían barbearse, os vivos non tiñan escusa ningunha para non facelo. Meu pai tentou explicalo, pero como miña avoa non paraba de falar, éralle moi difícil.

Aledámonos moito os dous cando marchou para a súa casa.

Estiven a mirar *Grandes e Bambeantes*. ¡Ó cabo hoxe é domingo de paixón!

Luns 6 de abril

Chegoume unha postal de miña nai. Dicía que "eles" estaban a vivir cuns amigos ata que atopasen piso. Dicía que podería ir pasar unha fin de semana con eles cando estean instalados.

Non lla amosei a meu pai.

Martes 7 de abril

A miña adorada Pandora está a saír con Craig Thomas. ¡Xa te podes esquecer de que che dea outro chocolate Mars, Thomas!

73

Barry Kent meteuse nunha boa por debuxar unha muller espida na clase de Arte. A señorita Fossington-Gore dixo que o que lle daba noxo non era tanto a temática, como a súa ignorancia dos máis elementais coñecementos biolóxicos. Eu fixen un debuxo moi bo do incrible Hulk esmagando a Graig Thomas. A señorita Fossington-Gore dixo que era unha "poderosa afirmación da opresión monolítica".

Chamada telefónica de miña nai. A súa voz soaba rara, como se tivese catarreira. Estivo todo o tempo a dicir "entenderalo algún día, Adrian". Ó fondo soaban como lambedelas. Supoño que sería ese verme do señor Lucas que lle bicaba na caluga. Téñoo visto nas películas da tele.

Mércores 8 de abril

Meu pai non quixo facerme unha nota de desculpa para Ximnasia, así que pasei case toda a mañá en pixama mergullándome nunha piscina para coller un ladrillo do fondo. Deime un baño cando cheguei á casa, pero aínda cheiro a cloro. Non lle atopo sentido ningún ó exercicio desta mañá. Vexo ben difícil que de maior vaia ter que camiñar en pixama pola beira dun río, ¿non é? ¿E quen ía ser tan parvo de tirarse ó río para coller un ladrillo rachado? ¡Ladrillos hainos a dar cun pao!

Xoves 9 de abril

Meu pai e mais eu tivemos unha longa conversa onte á noite. Preguntoume con quén prefería vivir, se

74

con el ou con miña nai. Díxenlle que cos dous. Contoume que se fixera moi amigo dunha compañeira de traballo; chámase Doreen Slater. Dixo que lle gustaría presentarma algún día. Xa estamos outra volta. Acabouse o marido suicida, desesperado e abandonado.

Venres 10 de abril

Chamei a miña avoa para contarlle o de Doreen Slater. Miña avoa non pareceu quedar moi contenta, dixo que o nome lle soaba moi vulgar e eu case estou por darlle a razón.

Collín da biblioteca *A esperar por Godot*. Decepcionoume ver que era unha obra de teatro. Aínda así vou mirar de lelo. Ultimamente teño descoidado o meu cerebro.

Nigel preguntoume se quería quedar con el a fin de semana. Os seu pais teñen unha voda en Croydon. Meu pai deume permiso. Semellou alegrarse bastante. Irei a casa de Nigel pola mañá.

Hoxe comezan as vacacións de Semana Santa. Teño que mante-lo meu cerebro activo.

Sábado 11 de abril

CUARTO CRECENTE

Nigel ten cantidade de sorte. ¡A súa casa é unha auténtica gozada! Todo é moderno. Non sei que debe pensar da nosa casa, ¡temos mobles que pasan do século!

O seu cuarto é enorme e ten equipo de música, televisión en cor, platina, un circuíto de Scalextric, unha guitarra eléctrica e un amplificador. Focos enriba da cama. Paredes negras e unha alfombra branca e un edredón de penuxe cun coche de carreiras. Ten moreas de números atrasados de *Grandes e Bambeantes*, así que estivemos a botarlles unha ollada; despois Nigel deuse unha ducha fría mentres eu preparaba a sopa e cortaba o pan. Rimos a cachón con *A esperar por Godot*. A Nigel case lle dá un mal cando dixen que Vladimir e Estragón semellaban pílulas anticonceptivas.

Dei unha volta na bici de carreiras de Nigel. Neste momento é o que máis desexo no mundo. Se me deran a escoller entre Pandora e unha bici de carreiras, quedaríame coa bici; e ben que o sinto, Pandora, pero éche o que hai.

Fomos á hamburguesería e puxémonos coma foles. Peixe, patacas, cebolas en vinagre, cogombros, chícharos. Nada lle parecía caro a Nigel, danlle moitos cartos para gastar. Fomos dar un paseíño e logo voltamos e vimos na televisión *O monstro dos ollos saltóns ataca de novo*. Dixen que o monstro dos ollos saltóns recordábame ó señor Scruton, o director. A Nigel case lle dá un mal outra vez. Coido que teño bastante talento para divertir á xente. Podería cambiar de opinión sobre o de ser veterinario e adicarme a escribir comedias para a televisión.

Cando rematou a película Nigel dixo, "¿que che parece unha copiña?". Fomos á barra que ten nun curruncho da sala e botou dous whiskys con soda ben cargados. O certo é que nunca antes bebera whisky e non penso volver facelo. Non entendo como a xente o bebe por pracer. ¡Se estivese nun frasco de menciña botaríano polo sumidoiro abaixo!

Non lembro terme metido na cama, pero debín facelo porque estou sentado na cama dos pais de Nigel a escribi-lo diario.

Domingo 12 de abril

DOMINGO DE RAMOS

¡Esta fin de semana con Nigel abriume os ollos ben abertos! Vivín na pobreza estes últimos catorce anos sen eu sabelo. Veño padecendo unha vivenda inferior, unha comida noxenta e unha paga miserenta. Se meu pai non pode proporcionarme un nivel de vida decente co que agora gaña, vai ter que buscar outro traballo. Sempre está a laiarse de que ten que andar a vender radiadores eléctricos por aí. O pai de Nigel traballou coma un negro para darlle á *súa* familia un contorno moderno. Quizais se *meu* pai puxera unha barra de bar de formica nun curruncho da *nosa* sala, miña nai estaría aínda con nós. Pero non. Por riba, meu pai gábase de ter mobles centenarios.

¡Si! En vez de avergoñarse das nosas antigallas, está orgulloso desa porcallada escangallada e vella.

Meu pai debería aprender dos grandes da literatura. Madame Bovary deixa ó pasmón do doutor Bovary porque el non pode satisfacerlle as súas necesidades.

Luns 13 de abril

Recibín unha nota do señor Cherry preguntándo cando podería seguir co reparto de xornais. Mandeille outra nota dicindo que debido á marcha de miña nai, aínda estou mentalmente afectado. É certo. Onte puxen calcetíns diferentes sen decatarme. Un era rubio e o outro verde. Teño que acougar un pouco. Podería acabar nun manicomio.

Martes 14 de abril

Recibín unha postal de miña nai. Atopou piso e quere que lles faga unha visita a ela e mais a Lucas o antes posible.

¿Por que non pode miña nai mandar unha carta como todo o mundo?

¿Por que vai ter que saber o carteiro dos meus asuntos privados? O seu novo enderezo é Paseo do Presidente Carter 79A, Sheffield.

Preguntelle a meu pai se podía ir; el respondeu, "si, con tal de que che mande os cartos do tren". Así que lle escribín unha carta pedíndolle que me mandara once libras oitenta.

Mércores 15 de abril

Fun con Nigel ó clube xuvenil. Está moi guai. Estivemos a xogar ó pimpón ata que escacharon as bólas. Despois botamos unha ó futbolín. Metinlle a Nigel unha chosca de cincuenta goles a trece. Nigel púxose de malas e empezou a dicir que perdera porque as pernas do seu porteiro estaban pegadas con cinta adhesiva, pero non foi así. Foi pola miña superior habelencia.

Un grupo de punkis comezou a facer comentarios desagradables sobre os meus pantalóns, pero Rick Lemon, o xefe xuvenil, meteuse no medio e iniciou unha conversa sobre gustos persoais. Todos estivemos de acordo en que cada individuo podía vestirse como lle viñera en gana. Aínda así, penso que lle preguntarei a meu pai se me pode mercar uns pantalóns novos. Non hai moitos rapaces de catorce anos que leven pantalóns anchos, e non me gusta chama-la atención.

Barry Kent tentou coarse pola porta de emerxencia para non pagar os cinco peniques da entrada, pero

Rick Lemon botouno fóra a empurróns e deixouno baixo a choiva. Aledeime moito. Débolle a Barry Kent dúas libras dos cartos das ameazas.

Xoves 16 de abril

Chegoume unha tarxeta de aniversario da tía Susan, ¡dúas semanas tarde! Sempre esquece o día que é. Meu pai dixo que ela ten que aturar moitas presións por culpa do seu traballo, pero eu non lle vexo a presión por ningures. Eu pensaba que ser funcionaria de cadeas era cantidade de cómodo, ó cabo non fai máis que pechar e abrir portas. Mandoume un regalo por correo, así que con sorte chegará para o Nadal. ¡Ha! ¡Ha!

Venres 17 de abril

VENRES SANTO

Pobriño Xesús, debeu ser terrible para el. Eu non tería coraxe para facelo.

O can estragou a rosca de Pascua; non respecta tradición ningunha.

Sábado 18 de abril

Recibín o paquete da tía Susan. É unha funda bordada para o cepillo dos dentes. ¡Fíxoa unha das reclusas! Chámase Grace Pool. ¡A tía Susan dixo que debería escribirlle para darlle as gracias! Xa é dabondo que a irmá de meu pai traballe na cadea de Holloway, para que agora lle teña que escribir ás reclusas. ¡Grace Pool podería ser unha asasina ou algo así!

Aínda estou a esperar polas once libras oitenta peniques. Non parece que miña nai estea desesperada por me ver.

Domingo 19 de abril

DOMINGO DE RESURRECCIÓN

Hoxe é o día en que Xesús liscou da cova. Supoño que Houdini lle colleu a idea.

Meu pai esqueceu pasar polo banco o venres, así que estamos sen un can. Tiven que levar á tenda as botellas de refresco baleiras para poder mercar un ovo de Pascua. Vin unha película; despois, un té estupendo na casa da avoa. Fixo un pastel e adornouno cunhas figuriñas de pitiños repoludos. A meu pai metéuselle un na boca e tivemos que baterlle nas costas. Sempre se amaña para estragalo todo. Non ten ningún sentido do decoro social. Fun ver a Bert Baxter despois do té. Estaba encantado de verme e eu sentinme un pouco ruín por telo tan abandonado ultimamente. Deume unha morea de contos. Chámanse *Eagle* e teñen uns debuxos estupendos. Estiven lendo neles ata as tres da mañá. Nós, os intelectuais, temos un horario antiso-cial. Séntanos ben.

Luns 20 de abril

FESTIVO NO REINO UNIDO (EXCEPTO ESCOCIA)

Meu pai está que rabea porque o banco aínda está pechado. Quedou sen tabaco. Vaille vir moi ben. Nin rastro das once libras oitenta peniques.

Escribinlle a Grace Pool. Está na ala "D". Púxenlle:
Querida señorita Pool:
Gracias por face-la funda do cepillo de dentes.
É unha preciosidade.
Cun atento saúdo, Adrian

Martes 21 de abril

Meu pai foi o primeiro na cola do banco esta mañá. Cando entrou, o caixeiro díxolle que non podía sacar cartos porque non lle quedaban. Meu pai pediu falar co director. Eu estaba tan cheo de vergoña que tiven que sentar detrás dunha planta de plástico e agardar a que rematasen cos berros. O señor Niggard, o fulano que mandaba alí, saíu para fóra e calmou a meu pai. Dixo que podería amañar un xiro en descuberto temporal. Meu pai tiña un aspecto cantidade de patético, non paraba de repetir, "foi esa condenada factura do veterinario". O señor Niggard miraba como se comprendera. Se cadra tamén ten un can tolo. Non imos se-los únicos, ¿non si?

As once libras etc., chegaron no correo da tarde, así que marcho para Sheffield mañá pola mañá. Nunca antes fora só no tren. O certo é que ultimamente estame a cae-la casca do cú.

Mércores 22 de abril

Meu pai levoume á estación. Tamén me deu algún consello para a viaxe. Dixo que non debía mercar pastel de carne no vagón restaurante.

Eu quedei no tren coa cabeza por fóra da fiestra

e el quedou na plataforma. El non paraba de mirar para o seu reloxo. Eu non sabía que dicir e el tampouco. Ó cabo dixen, "non esquezas darlle de comer ó can, ¿vale?". Meu pai sorriu dun xeito noxento; despois o tren comezou a moverse, así que saudei coa man e marchei na procura dun asento para non fumadores. Os porcos dos fumadores estaban amoreados afogando e tusindo. Eran unha xentalla ruidosa de aspecto rudo, así que pasei ás carreiras polo seu vagón aguantando o alento. Os vagóns para non fumadores semellaban ter un tipo de persoas máis acougado. Atopei un asento con fiestra enfronte dunha señora maior. Eu quería mira-la paisaxe ou ler un libro, pero aquel corvo vello empezou a falar da histeroctomía da súa filla e a contarme cousas que eu non quería oír. ¡Case me deixa parvo de vez! Todo o tempo, bla, bla, bla. Pero a Deus gracias, baixou en Chesterfield. Esqueceu o *Woman's Own* no asento, polo que aínda tiven tempo de rir un pouco coa páxina do consultorio e de le-la historia real que traía, antes de que o tren parara en Sheffield. Miña nai botou a chorar cando me viu. Foi un chisco embarazoso, pero bastante fermoso ó tempo. Collemos un taxi dende a estación. Sheffield ten boa pinta, en realidade é como estar na casa. Non vin ningunha fábrica de coitelos e garfos. Supoño que as pechou todas Margaret Thatcher.

Lucas andaba por aí a facer seguros, conque tiven a miña nai para min só ata as oito. O piso é unha auténtica merda, é moderno, pero pequeno. Podes oí-los tusidos dos veciños. Miña nai está afeita a cousas mellores. Morro co cansazo, así que vou parar.

Espero que meu pai estea a ser amable co can. Oxalá miña nai volvese á casa, xa esquecera o linda que é.

Xoves 23 de abril

SAN XURXO

Eu e mais mamá fomos hoxe de compras. Mercamos unha pantalla de lámpada para o seu cuarto e un par de pantalóns para min. Son guais de todo, moi axustadiños.

Xantamos un "Menú de Executivo Chinés" e logo fomos ver unha película da Monty Python sobre a vida de Xesús. Era moi atrevida, sentíame culpable cando ría.

Lucas estaba no piso cando voltamos. Xa preparara a cea, pero eu dixen que non tiña fame e marchei para o meu cuarto. ¡Podería afogar se chego a comer algo que tivera tocado ese verme! Despois chamei a meu pai por teléfono dende unha cabina. Só me deu tempo de berrar "non esquezas darlle de comer ó can", antes de que me papara as moedas.

Marchei cedo para a cama porque o Lucas estaba molexas de todo. Chámalle "Paulie" a miña nai, cando sabe de sobra que se chama Pauline.

Venres 24 de abril

Axudei a miña nai a pinta-la cociña. Está poñéndoa marrón e crema. Ten un aspecto arrepiante, como os baños do colexio. Lucas mercoume unha navalla. Está a ver se me suborna para que lle volva coller aprecio. ¡Mala sorte, Lucas! Nós, os Mole, nunca esquecemos. Somos igual que a mafia, cando te cruzas no noso camiño, collémosche xenreira para toda a vida. ¡El roubou unha muller e mais unha nai, así que vai ter que pagar por iso! É mágoa, porque a navalla trae unha chea de argalladas que me poderían facer falla na vida cotiá.

Sábado 25 de abril

Lucas non traballa os sábados, conque tiven que atura-la súa luxuria todo o día. Está todo o tempo a toca-la man de miña nai ou a bicala ou a arrodeala cos brazos, non sei como ela pode aturalo, eu volveríame tolo.

Hoxe pola tarde, Lucas levounos en coche ó campo; a un sitio alto e cheo de outeiros. Tiña frío, así que sentei no coche e mirei como miña nai e mais Lucas facían o ridículo. A Deus gracias, non había público polos arredores. Non é unha visión moi agradable ver a dous vellos correndo e rindo outeiro arriba.

Voltamos, deime un baño, pensei no can, marchei para a cama. Mañá, para casa.

3 da mañá. Acabo de ter un soño no que acoitelaba a Lucas co escarvadentes da miña navalla. O mellor soño que teño dende hai moito.

Domingo 26 de abril

2:10 da tarde. A miña pequena estadía en Sheffield está a piques de rematar. Teño que colle-lo tren das 7:10, polo que só me quedan cinco horas para face-la miña equipaxe. Meu pai levaba razón. Non precisaba dúas maletas de roupa. Pero como sempre digo, vale máis previr que lamentar. Non me vai dar pena ningunha perder de vista este piso miserento, nin tampouco os tusidos dos veciños, aínda que, por suposto, dóeme que miña nai teimara en non querer volver á casa canda min.

Conteille que o can morría de pena por ela, pero ela chamou a meu pai e, coma un parvo, foi el e contoulle que o can acababa de papar unha lata enteira de Pedigree Chum e unha cunca de Winalot.

Conteille o de meu pai con Doreen Slater, esperaba que se puxera como tola cos ciúmes, pero ela botou a rir e dixo, ""Ah, ¿aínda segue Doreen de cacería?" Fixen o que puiden para que volvera, pero debo recoñece-la derrota.

11 da noite. A viaxe de volta, un pesadelo. Os vagóns de non fumadores, todos cheos; na obriga de compartir vagón con pipas, puros, cigarros. Cola de vinte minutos no vagón restaurante para unha taza de café. Xusto ó chegar á barra baixaron a reixa e un home puxo un letreiro que dicía: "Pechado por avaría no sinal". Volvín para o asento; atopei un soldado no meu sitio. Atopei outro asento, pero houbo que aturar a un maníaco sentado enfronte miña, que dicía que tiña unha radio controlada por Fidel Castro dentro da cabeza.

Meu pai foime buscar á estación, o can deu un chouto para saudarme, calculou mal e case cae diante do exprés de Birmingham das 9:23.

Meu pai dixo que Doreen Slater fora toma-lo té. ¡Polo estado da casa poderíase pensar que foi toma-lo almorzo, o xantar e mailo té! Nunca vin a esa muller, pero polas evidencias que foi deixando sei que ten o cabelo rubio brillante, usa barra de labios laranxa e dorme na beira esquerda da cama.

¡Vaia recibimento!

Meu pai dixo que Doreen pasara o ferro a miña roupa do colexio para tela lista para mañá. ¿Que esperaba? ¿Que lle dera as gracias?

Luns 27 de abril

A señorita Bull ensinounos a frega-la louza na clase de Fogar. ¡Si ho, búscalle a corte ó boi vello! ¡Debo ser un dos mellores frega-louzas do mundo! Barry Kent rompeu un prato irrompible, así que a señorita Bull botouno fóra da clase. Vin como fumaba no corredor dun xeito bastante fachendoso. ¡O certo é que ten máis cara...! Pensei que era o meu deber dar conta del á señorita Bull. Fíxeno só porque me preocupaba pola saúde de Barry Kent. Levouno onda Scruton, o dos ollos saltóns, e confiscáronlle os *Benson and Hedges*. Nigel dixo que vira ó señor Scruton fumando deles na sala de profesores durante o xantar, pero seguramente non é verdade.

Pandora e Craig Thomas estaban a da-lo espectáculo fachendeando da súa sexualidade no patio de recreo. A señorita Elf tivo que petar na fiestra da sala de profesores para pedirlles que pararan de bicarse.

Martes 28 de abril

Esta mañá, o señor Scruton soltou un discurso na asemblea. Era sobre a falla de moralidade no país, pero en realidade estaba a falar de Pandora e Craig Thomas. O discurso non callou para nada, porque mentres estabamos a cantar "Hai un outeiro verde ó lonxe", albisquei claramente olladas de natureza apaixonada entre eles dous.

Mércores 29 de abril

Meu pai está preocupado, non dá vendido os radiadores eléctricos. Meu pai di que iso proba que os consumidores non son tan parvos como se pensa. Estou farto de velo andar pola noite como unha alma en pena dando voltas pola casa. Eu xa lle dixen que se metese nunha asociación ou que procurase un pasatempo, pero el está decidido a compadecerse de si mesmo. As únicas veces que bota a rir é cando poñen na televisión eses anuncios de radiadores eléctricos. Queda parvo coa risa.

Xoves 30 de abril

Hoxe ameazáronme moi en serio no colexio. Barry Kent guindou ó campo de rugby a miña carteira con pechadura automática. Teño que atopar axiña dúas libras, antes de que me guinde a min ó campo de rugby. Non serve de nada pedirlle os cartos a meu pai, anda desesperado por culpa das facturas sen pagar.

Venres 1 de maio

A avoa chamou hoxe cedo para dicir "ata o corenta de maio, non quíte-lo saio". Non teño nin a máis remota idea do que estaba a falar. Eu só sei que é algo que ten que ver con roupa.

Práceme informar que a Barry Kent e á súa cuadrilla lles prohibiron a entrada no clube xuvenil Fóra da Rúa. (Pero iso quere dicir que agora van quedar "dentro" da rúa. ¡Que sorte negra!) Encheron de auga un preservativo e guindáronllo a un grupiño de rapazas que se puxeron a berrar. Pandora rebentou a cousa cun imperdible e Rick Lemon saíu do seu despacho e esbarou na auga. Rick púxose feito un raio, emporcallou por todas partes os seus pantalóns amarelos. Pandora axudou a Rick a botar á cuadrilla, estivo cantidade de agresiva. Supoño que vai gana-la medalla ó "membro máis servicial do ano".

Sábado 2 de maio

¡Chegoume unha carta de Grace Pool! Isto é o que dicía:

> Querido Adrian:
> Gracias pola túa encantadora carta de agradecemento. Alegroume moito o día. As rapazas fanme bromas sobre o meu pretendente. O 15 de xuño saio en liberdade condicional. ¿Sería posible facerche unha visita? A túa tía Susan é unha das mellores pavas que hai por aquí, por iso me sentín na obriga de facer unha funda para o cepillo dos dentes. Vereite logo o día quince.
> Túa, cun cariñoso saúdo,
> Grace Pool
>
> P. D. Condenáronme por incendio premeditado por equivocación, pero iso xa é auga pasada.

¡Meu Deus! ¿Que vou facer?

Domingo 3 de maio

SEGUNDO DESPOIS DE PASCUA

Xa non queda nada no conxelador, nin na despensa, só queda pan reseso na cesta do pan. Non sei que fai meu pai cos cartos. Vinme na obriga de ir onda miña avoa para non morrer de desnutrición. Ás catro tiven un deses estraños momentos de felicidade que vou recordar toda a vida. Estaba sentado fronte a estufa eléctrica a comer torradas graxentas e a ler *Novas do Mundo*. Botaban un bo programa en Radio Catro sobre as torturas nos campos de concentración. A avoa estaba adurmiñada e o can estaba tranquiliño. De súpeto veume esa sensacion cantidade de estupenda. Se cadra estoume a volver relixioso.

Coido que levo dentro de min o de ser un santo.

Chamei por teléfono á tía Susan pero está de servicio en Holloway. Deixeille unha mensaxe á súa amiga Gloria para que a tía Susan me chamase urxentemente.

Luns 4 de maio

FESTIVO NO REINO UNIDO. LÚA NOVA

A tía Susan chamou para dicir que lle denegaron a liberdade condicional a Grace Pool porque lle puxo lume ó taller de bordado e estragou unha chea de fundas para cepillos de dentes.

¡A súa desgracia veume que nin pintada!

Martes 5 de maio

Vin ó noso carteiro de camiño ó colexio, díxome que miña nai vaime vir ver o sábado. ¡Teño intención de dar conta del ó xefe de correos por ler postais privadas!

Meu pai tamén lera a miña postal cando cheguei do colexio. Semellaba contento e comezou a saca-lo

lixo da sala, logo chamou a Doreen Slater e díxolle que
ía ter que "suspender ata nova orde a función do sába-
do". As persoas maiores sempre lles están a dicir ós
mozos que falen con claridade, e logo van eles e
póñense a falar un barallete incomprensible. Doreen
Slater púxoselle a berrar. Meu pai contestoulle a berros
que el "non quería unha relación longa", que iso "xa o
deixara ben claro de principio", e que "ninguén pode-
ría substituír á súa Pauline". Doreen Slater seguiu a
berrar máis e máis ata que meu pai lle colgou o teléfo-
no bruscamente. O teléfono seguiu a soar ata que meu
pai o deixou descolgado. Estivo ata as 2 da mañá a
limpa-la casa coma un tolo, ¡e iso que aínda é martes!
¿Como estará o sábado pola mañá? O coitadiño está
convencido de que miña nai vén para quedar.

Mércores 6 de maio

Podo dicir cheo de orgullo que me nomearon
monitor do comedor da escola. As miñas tarefas son
ficar de pé a carón do balde do lixo e asegurarme de
que os meus compañeiros riscan adecuadamente o que
lles queda no prato.

Xoves 7 de maio

Bert Baxter chamou ó colexio para pedirme que
fora velo urxentemente. O señor Scruton berroume,
díxome que o teléfono do colexio non era para que o
usaran os alumnos. ¡¡Vai tomar vento, Scruton, es un
bobán de ollos saltóns!! Bert estaba nun estado lamen-
table. Perdera o dentame postizo. Levaba con ela den-

de 1946, e tiña para el moito valor sentimental porque xa lle viña do seu pai. Estiven a buscala por todas partes, pero non conseguín dar con ela.

Fun mercarlle á tenda unha lata de sopa e un batido doce instantáneo. Era todo o que podía tomar naquel momento. Prometinlle voltar mañá e botar outro ollo. Por unha vez Sabre estaba de boas. Andaba a rillar algo dentro da súa caseta.

Meu pai aínda segue a limpar na casa. Mesmo Nigel comentou o limpo que se vía o chan da cociña. Sen embargo, preferiría que meu pai non puxera o mandil, parece un maricallas con el.

Venres 8 de maio

Atopei o dentame de Bert na caseta de Sabre. ¡Bert abriu a billa para enxaugala e logo meteuna na boca! É a cousa máis noxenta que vin nunca.

Meu pai traeu ramallos de flores para darlle a miña nai a benvida ó fogar. Están por toda a casa e cheiran que abafan.

Por fin venderon a casa do señor Lucas. Vin ó empregado da axencia inmobiliaria poñe-lo cartel. Espero que os novos sexan xente respectable. Estou a ler *Muíño sobre o Floss*, dun fulano chamado George Eliot.

Sábado 9 de maio

Espertoume ás 8:30 alguén que petaba con forza na porta. Era un empregado da compañía eléctrica. ¡Quedei de pedra ó escoitar que viña corta-la luz! Meu pai debe 95'79 libras. Díxenlle ó empregado que necesitabamos a electricidade para as cousas esenciais da vida, como a televisión ou o tocadiscos, pero el dixo que a xente coma nós son os que socavan a forza do país. Foi onda o contador da luz, fixo algo coas ferramentas e o segundeiro do reloxo da cociña parou. Foi cantidade de simbólico. Meu pai chegou de merca-lo *Daily Express*. Viña asubiando e semellaba cantidade de contento. ¡Mesmo lle preguntou ó empregado se quería unha cunca de té! O empregado dixo, "non, gracias", marchou rapidamente polo camiño e meteuse na súa furgoneta azul. Meu pai acendeu a cociña eléctrica. Vinme na obriga de contarllo.

Por suposto, ¡botoume a min a culpa! Meu pai dixo que non o debía ter deixado entrar. Díxenlle que debería apartar cada semana os cartos dos recibos como fai miña avoa. Pero non fixo máis que poñerse coma unha néspora. ¡Miña nai veu con Lucas! Era como nos vellos tempos, con todo o mundo a berrar á vez. Fun co can á tenda e merquei cinco caixas de velas. O señor Lucas deixoume os cartos.

Cando voltei parei no recibidor e escoitei que miña nai dicía, "non me estraña que non podas paga-los recibos, George; mira para todas estas flores. Deberon custar un ollo da cara". Díxoo dun xeito moi agarimoso. O señor Lucas dixo que lle podería prestar uns cartiños, pero meu pai estivo moi digno e díxolle, "todo o que quero de ti, Lucas, é a miña muller". Miña nai gabou a meu pai polo xeitosa que tiña a casa. Meu pai só semellaba vello e triste. Sentín moita peniña por el.

Mandáronme fóra mentres falaban de quen quedaba coa miña custodia, a discusión alongouse unha eternidade; de feito, ata que chegou a hora de acende-las velas.

Lucas verteu cera nos seus zapatos de ante novos. Foi o único incidente alegre dun día tan tráxico.

Cando miña nai e mais Lucas marcharon nun taxi, eu marchei para a cama co can. Escoitei a meu pai falar por teléfono con Doreen Slater, logo oíuse un portazo, mirei pola fiestra e vin que marchaba co coche. O asento traseiro estaba cheo de flores.

Domingo 10 de maio

TERCEIRO DESPOIS DE PASCUA. DÍA DA NAI EN E.U.A. E EN CANADÁ. CUARTO CRECENTE

Hoxe non me erguín ata as catro e media da tarde. Coido que teño unha depresión. Hoxe non pasou nada de nada, á parte dunha sarabiada a iso das seis.

Luns 11 de maio

Bert Baxter ofreceuse a prestarnos unha estufa de petróleo. A nosa calefacción central de gas non funciona sen electricidade. Agradecinllo, pero non aceptei o seu amable ofrecemento. Teño lido que esas estufas caen con facilidade e o noso can non ía tardar en argallar un coloso en chamas.

Se se chega a saber por aí que nos cortaron a luz, córtome o pescozo. Non ía ser quen de atura-la vergoña.

Martes 12 de maio

Tiven unha longa conversa co señor Vann, o profesor que informa sobre estudios e carreiras. Dixo que se quería ser veterinario tería que facer Física, Química

93

e Bioloxía como materias de Nivel Superior. Dixo que Arte, Traballos Manuais e Fogar non me ían servir de moito.

Estou na encrucillada da miña vida. Unha decisión equivocada neste momento podería ocasionar unha perda tráxica para o mundo veterinario. Son un desastre en ciencias. Pregunteille ó señor Vann que materias de Nivel Superior precisaba para ser escritor de comedias televisivas. O señor Vann dixo que non necesitaba título ningún, que só era necesario ser imbécil.

Mércores 13 de maio

Tiven unha profunda conversa sobre materias de Nivel Superior con meu pai, el aconselloume que collera só aquelas materias que se me deran ben. Díxome que os veterinarios pasan a metade da súa vida laboral coas mans metidas no cú das vacas e a outra metade poñendo inxeccións a cans faldreiros ben mantidos. Así que estou reconsiderando as miñas perspectivas profesionais.

Non me importaría ser buscador de esponxas mariñas, pero non creo que teña moita saída en Inglaterra.

Xoves 14 de maio

A señorita Sproxton berrou comigo porque a miña redacción de Inglés estaba chea de pingas de cera. Expliqueille que a manga do abrigo engancháraseme na vela mentres estaba a face-los deberes. Enchéronselle os ollos de bágoas e dixo que eu era "un rapaciño moi valente", e deume un sobresaliente.

Despois de cear galletas de crema e atún, xogamos ás cartas á luz das velas. Era cantidade de guai. Meu pai cortou as puntas das nosas luvas, pareciamos un par de criminais fuxidos.

Estou a ler *Tempos difíciles*, de Charles Dickens.

Venres 15 de maio

Miña avoa acaba de facernos unha visita sorpresa. Pillounos engruñados ó redor da nova estufiña de camping-gas comendo fabas frías directamente da lata. Meu pai estaba a ler un *Playboy* á luz da vela e eu estaba a ler *Tempos difíciles* coa miña lanterna chaveiro. Estabamos bastante a gusto. Meu pai acababa de dicir que era "un bo entrenamento para cando se desmorone a civilización", cando irrompeu miña avoa e púxose levada dos demos. Obrigounos a ir á súa casa, así que agora estou na cama do meu defunto avó. Meu pai dorme na planta baixa en dous sillóns xuntados. A avoa sacou cartos para paga-la factura da luz; está que rabea porque quería os cartos para enche-lo conxelador. Tódolos anos merca dúas vacas mortas.

Sábado 16 de maio

Axudei á avoa coas compras da fin de semana. Estivo moi agresiva na tenda; espreitaba para a báscula coma un falcón espreita para un rato. Logo saltou sobre o tendeiro e acusouno de poñerlle touciño de menos. O tendeiro colleu cantidade de medo e puxo outra rebanda.

Tiñámo-los brazos cantidade de cansos despois de subir cambaleando ó outeiro, carretando coas enormes bolsas da compra. Non sei como se amaña miña avoa cando vai soa. Creo que o Concello debería poñer escaleiras mecánicas nos outeiros; a longo prazo podería aforrar cartos, os vellos non sofrirían colapsos por todas partes. Meu pai pagou hoxe o recibo da luz en correos, pero o ordenador vai tardar polo menos unha semana en dar permiso para o reenganche da luz.

Domingo 17 de maio

Miña avoa fíxonos erguer cedo e ir á misa canda ela. Meu pai tivo que peitearse e levar unha das gravatas do seu defunto pai. A avoa colleunos de ganchete, ía toda rufa con nós. A misa foi cantidade de aburrida. O crego semellaba o home máis vello da terra e falaba cunha voceciña feble. Meu pai poñíase de pé cando había que sentar e viceversa. Eu imitei á avoa, sempre leva razón. Meu pai cantou alto de máis, todo o mundo miraba para el. Deille a man ó crego cando nos deixaron marchar. Era como tocar follas mortas.

Despois do xantar escoitámo-los discos de Al Jolson de miña avoa, logo miña avoa subiu botar unha sestiña e eu e mais meu pai fregámo-la louza. ¡Meu pai rompeu un xerro do leite que tiña corenta e un anos! Tivo que saír tomar algo para recuperarse do susto. Fun ver a Bert Baxter pero non estaba, así que no seu lugar fun ver a Caravel. Aledouse moito de verme. Debe ser cantidade de aburrido pasa-lo día enteiro nun campo. Non é de estrañar que agradeza as visitas.

Luns 18 de maio

A avoa non lle fala a meu pai polo do xerro do lei-
te. Xa me tarda volver á miña casa, alí as cousas como
os xerros do leite non importan.

Martes 19 de maio

LÚA CHEA

Meu pai fíxoa boa por chegar tarde á casa onte á
noite. ¡De verdade! ¡Ten os mesmos anos que o xerro
do leite, logo pode chegar á casa á hora que lle pete!
Conteille a meu pai que hoxe me ameazaran. Tiven
que facelo porque Barry Kent estragou seriamente a
miña chaqueta do colexio e arrincoulle a insignia do
colexio. Meu pai vai ir falar con Barry Kent mañá e vai
recuperar tódolos cartos que me quitou con ameazas.
¡Polo que se ve, podería facerme rico!

Mércores 20 de maio

Barry Kent negou todo coñecemento sobre ameaza
algunha e botou a rir cando meu pai lle pediu que
devolvese os cartos. Meu pai foi ver ó seu pai, rifou
con el e ameazouno con chamar á policía. Penso que
meu pai é cantidade de valente. O pai de Barry Kent
semella un mono grande e ten máis pelos no dorso das
mans que meu pai en toda a cabeza.
A policía dixo que non podía facer nada sen pro-
bas, así que lle vou pedir a Nigel que faga unha decla-
ración xurada de que me viu dándolle cartos baixo
ameazas.

Xoves 21 de maio

Barry Kent zoscoume hoxe no gardarroupa. Colgoume dunha das perchas. Díxome que tiña "a lingua moi longa" e outras cousas máis feas que non podo escribir. Miña avoa descubriu o das ameazas (meu pai non quería que ela o soubese porque padece de diabete). Escoitou toda a historia, despois puxo o chapeu, apertou os beizos e marchou. Estivo fóra unha hora e sete minutos, chegou, quitou o abrigo, espiliu o pelo, sacou 27'18 libras do cinto anti-ladróns que leva no van. Dixo, "non che vai amolar máis, Adrian, pero se o fai, dimo a min". Despois preparou o té. Sardiñas, tomates e pastel de xenxibre. Merqueille na farmacia unha caixa de chocolates para diabéticos como proba da miña estima.

Venres 22 de maio

Todo o mundo no colexio fala de que unha vella de sesenta e seis anos púxolle medo a Barry Kent e ó seu pai e obrigoulles a devolverme os cartos das ameazas. Barry Kent non se atreve a asoma-lo nariz. A súa cuadrilla está a elixir novo xefe.

Sábado 23 de maio

Na casa outra vez. Volveron conecta-la luz. Morreron tódalas plantas. Recibos sen pagar no felpudo.

Domingo 24 de maio

DOMINGO DE ROGATIVAS

Decidín pinta-lo meu cuarto de negro; é unha cor que me gusta. Non podo vivir nin un segundo máis con papel pintado do gnomo Noddy nas paredes. Ós meus anos é rotundamente indecente acordar e ver ó Orellóns e ós demais babecos de Xoguetelandia a correr polas paredes. Meu pai di que podo usa-la cor que prefira mentres merque eu a pintura e o faga eu mesmo.

Luns 25 de maio

Decidín ser poeta. Meu pai dixo que non hai unha carreira estructurada para ser poeta, nin pensións, nin demais cousas aburridas, pero estou decidido. El tentou esperta-lo meu interese por facerme operador de ordenadores, pero díxenlle: "Eu preciso poñe-la miña alma no meu traballo e de todos é sabido que os ordenadores non teñen alma". Meu pai dixo: "Os americanos xa están a traballar niso". Pero eu non podo agardar tanto tempo.

Merquei dúas latas de pintura de vinilo satinada negra e unha brocha de media polgada. Comecei a pintar en canto cheguei da droguería. Noddy aínda asoma a través da pintura. Penso que lle vou ter que dar dúas mans. ¡Vaia sorte!

Martes 26 de maio

CUARTO MINGUANTE

¡Xa lle dei dúas mans! ¡Noddy aínda asoma! Hai pegadas negras de mans no relanzo e nas escaleiras. Non podo quita-la pintura das mans. Caen os pelos da brocha. Estou farto de toda esta leria. O cuarto vese escuro e triste. Meu pai non ergueu un dedo para axudarme. Pintura negra por todas partes.

Mércores 27 de maio

Terceira man. Mellorou un chisco, só asoma a pucha de Noddy.

Xoves 28 de maio

DÍA DA ASCENSIÓN

Deille un repaso á pucha de Noddy cun pincel cativo e co que quedaba de pintura negra, pero os condenados axóuxeres da pucha ¡aínda asoman!

Venres 29 de maio

Deille ós axóuxeres da pucha cun rotulador negro, xa cubrín sesenta e nove esta noite, só me quedan cento vintecatro para rematar.

Sábado 30 de maio

Acabei co último axóuxere ás 11:25 da noite. Ben sei como se debeu sentir Rembrandt despois de pinta--la Capela Sixtina de Venecia.

2 da mañá. A pintura xa está seca, pero debía ser defectuosa porque está chea de vetas e, aquí e acolá, vense os pantalóns a raias de Gollywog e o nariz do señor Plod. ¡Gracias a Deus, os condenados axóuxeres xa non se ven! Meu pai acaba de entrar para dicir que me meta na cama, dixo que o meu cuarto lle recordaba un cadro de Salvador Dalí. Dixo que era un pesadelo surrealista, pero non son máis que ciúmes porque el ten nas paredes unhas rosas que dan noxo.

Domingo 31 de maio

DOMINGO DESPOIS DA ASCENSIÓN

Merquei unha variña de incenso na tenda do señor Singh. Acendina no meu cuarto para ver se quitaba o cheiro a pintura. Meu pai entrou no meu cuarto e guindou a variña pola fiestra, ¡dixo que "non ía permitir que me metera nas drogas"! Tentei explicarllo pero meu pai estaba anoxado de máis para escoitar. Quedei no cuarto durante unhas horas pero as paredes negras semellaban virme enriba, conque fun onda Bert Baxter. Non houbo xeito de que me oíra, así que voltei á casa e vin un programa relixioso na televisión. Preparei un té, fixen os deberes de Xeografía, marchei para a cama. O can xa non quere quedar no meu cuarto, ponse a laiar para que o deixe saír.

Luns 1 de xuño

FESTIVO NA REPÚBLICA DE IRLANDA

Meu pai recibiu unha carta que o deixou lívido: ¡bótano do traballo por reducción de persoal! ¡Vai quedar no paro! ¿Como imos vivir coa miseria que nos vai dar o Goberno? ¡O can vai ter que marchar! A súa comida sae en trinta e cinco peniques diarios, sen contar co Winalot. ¡Agora son un neno de proxenitor único no paro! ¡A Seguridade Social vaime merca-los zapatos!

Hoxe non fun a clase, chamei á secretaria do colexio e conteille que meu pai estaba mentalmente enfermo e que precisaba que alguén mirase por el. Ela parecía cantidade de preocupada e preguntou se lle daba polo violento. Eu díxenlle que non amosara ningún síntoma de violencia, pero que se notaba algo, chamaría ó médico. Prepareille a meu pai unha chea de bebidas quentes e doces para curarlle o susto, el non paraba de falar de estufas eléctricas e de que podería irlles con todo o conto ós medios de comunicación.

Chamou a Doreen Slater e ela veu de seguida acompañada dun cativiño horrible chamado Maxwell. A primeira impresión de Doreen Slater foi bastante forte. Non podo comprender por que meu pai quixo ter coñecemento carnal con ela. Está máis fraca ca unha lombriga. Nin ten peito nin ten cu.

É plana dos pés á cabeza, incluíndo o nariz, a boca e o pelo. Arrodeu cos brazos a meu pai segundo entrou pola porta. Maxwell púxose a chorar, o can púxose a ladrar, así que voltei ó meu cuarto negro e púxenme a conta-las cousas que asomaban a través da pintura: ¡cento dezasete!

Doreen marchou á 1:30 da tarde para levar a

Maxwell á gardería. Foinos face-la compra e preparou un xantar medio chafalleiro con espagueti e queixo. Ela tamén é unha familia de proxenitor único; Maxwell naceu fóra do matrimonio. Estívome a conta-la súa vida mentres fregabámo-la louza. Estaría ben mellor se fose un chisco máis gorda.

Martes 2 de xuño

LÚA NOVA

Doreen e Maxwell quedaron pola noite. Maxwell ía durmir no sofá, pero deu en chorar tanto que acabou por durmir na cama de matrimonio entre meu pai e Doreen, así que meu pai non puido amplia-lo seu coñecemento carnal de Doreen. Meu pai estaba que botaba fume, pero seguro que Maxwell botaba máis cousas. ¡Ha!¡Ha!¡Ha!

Mércores 3 de xuño

Hoxe fun a clase, non me daba concentrado, pensaba na Lombriga todo o tempo. Ten uns dentes brancos e fermosos (ben dereitiños, claro). Fixo uns pasteis de marmelada para cando eu voltara do colexio. Ela non anda a escatimar na marmelada como fan outras mulleres.

Meu pai está a beber e a fumar de máis e, segundo Doreen, quedou temporalmente impotente. ¡Esas son cousas das que non quero saber nada! Doreen fálame como se eu fose outro adulto e non o fillo do seu amante de catorce anos dous meses e un día.

Xoves 4 de xuño

Doreen colleulle o teléfono a miña nai esta mañá. Miña nai quería falar comigo. Esixiu que lle explicase que facía Doreen na casa. Conteille que meu pai tiña unha depresión e que Doreen Slater estaba a coidalo. Conteille o do despido. Díxenlle que bebía moito, fumaba de máis e estaba a descoidarse. Logo marchei para o colexio. Sentíame rebelde, así que levei postos uns calcetíns rubios. Están terminantemente prohibidos, pero tanto me ten.

Venres 5 de xuño

¡A señorita Sproxton decatouse dos calcentíns rubios na asemblea! A vella pelexa contoullo a Scruton ollos de ra. Chamoume ó seu despacho e soltoume un discurso sobre os perigos de ser un inconformista. Despois mandoume voltar á casa para poñe-los calcetíns negros regulamentarios. Meu pai estaba na cama cando cheguei; estaba a cura-la súa impotencia. Vin *Barrio Sésamo* na tele xunto con Maxwell ata que baixou. Conteille a odisea dos calcetíns.

De súpeto, ¡púxose que fendía as nubes! Chamou ó colexio e fixo saír a Scruton dunha reunión de conserxes folguistas. Púxose a berrar polo teléfono, dicía: "¡deixoume a muller, botáronme do traballo, teño que coidar dun neno parvo" –supoño que era por Maxwell– "e vostede arremete contra meu fillo pola cor dos seus calcetíns!" Scruton dixo que se voltaba ó colexio cos calcetíns negros esqueceríao todo, pero meu pai dixo que eu levaría a cor de calcetíns que me petase. Scruton dixo que estaba decidido a mante-las normas.

Meu pai dixo que a selección inglesa non levaba calcetíns negros no mundial de 1966, nin tampouco Sir Edmund Hillary en 1953. Logo diso, Scruton pareceu acougar. Meu pai colgou o teléfono. Dixo "o primeiro asalto para min".

Isto podería acabar nos xornais: "conflicto de calcetíns negros no colexio". Miña nai lería a nova e voltaría á casa.

Sábado 6 de xuño

¡Oh, ledicia! ¡Oh, éxtase! ¡Pandora está a organizar unha protesta de calcetíns! ¡Veu hoxe pola miña casa! ¡Si! ¡De feito, estivo no cuberto da entrada e díxome que admiraba a postura que eu tomara! Eu invitábaa a pasar dentro, pero a casa estaba que metía medo, así que non o fixen. O luns vai recoller signaturas por todo o colexio. Dixo que eu era un loitador libertario polos dereitos do individuo. Quere que vaia pola súa casa mañá á mañá. Estase a organizar un comité ¡e eu son o orador principal! Ela quería ve-los calcetíns rubios, pero díxenlle que estaban a lavar.

Doreen Slater e Maxwell marcharon hoxe para a súa casa. Miña avoa vai vir pola noite, polo que houbo que facer desaparecer calquera pegada deles.

Domingo 7 de xuño

DOMINGO DE PENTECOSTÉS

A avoa atopou o chupete de Maxwell na cama de meu pai. Mentín e dixen que o debera traer o can da rúa. Foi un momento desagradable. Non son bo mentireiro, póñome como unha brasa e miña avoa ten uns ollos como os de Superman, atravesan a un. Para distraela conteille o do conflicto dos calcetíns rubios, pero ela dixo que as regras estaban feitas para ser obedecidas.

Pandora e mailo comité estaban a agardar por min na enorme sala da súa casa. Pandora é a presidenta, Nigel é o secretario, a amiga de Pandora, Clair Neilson, é a tesoureira. Craig Thomas e mailo seu irmán Brett son simples simpatizantes. Eu non podo ter un cargo importante porque son a víctima.

Os pais de Pandora estaban facendo o encrucillado do *The Sunday Times* na súa cociña amoblada en madeira. Semella que se levan moi ben.

Trouxeron á sala unha bandexa con café e galletas integrais para nós. Pandora presentoume ós seus pais. Dixeron que admiraban a postura que estaba a tomar. Os dous están afiliados ó Partido Laborista e puxéronse a falar dos Mártires de Tolpuddle. Preguntáronme se o feito de que escollera calcetíns rubios para a miña protesta tiña algún significado. Dixen unha mentira e conteilles que escollera o rubio porque era un símbolo da revolución, despois púxenme dun colorado moi revolucionario. Ultimamente estoume a facer un mentireiro.

A nai de Pandora dixo que podía chamarlle Tania. ¿Non será un nome ruso? O pai dixo que podía chamarlle Iván. É moi agradable, deixoume un libro para que o lera; titúlase *Os filántropos de pantalóns luídos*. Aínda non o mirei, pero estou moi interesado nos libros que falan de selos, así que vou lelo esta noite.

Lavei os calcetíns rubios, púxenos derriba do radiador para telos secos para mañá.

Luns 8 de xuño

Erguinme, vestinme, puñen os calcetíns rubios antes que as cirolas e a camiseta. Meu pai despediume na porta e desexoume sorte. Sentíame coma un heroe. Atopeime con Pandora e co resto do comité na esquina da nosa rúa; todos nós levabamos calcetíns rubios. Os de Pandora eran de lúrex. ¡Ela si que ten arrestos! Fomos cantando "Non nos moverán" todo o camiño ata o colexio. Tiven un pouco de medo cando entramos pola porta, pero Pandora animounos con berros de alento.

Algo lle deberon contar a Scruton ollos de ra, porque estaba a agardar por nós no gardarroupa do noso curso. Estaba de pé moi quieto cos brazos cruzados, espreitando con ollos de ovo cocido. Non falou, só moveu a cabeza sinalando as escaleiras. Tódolos calcetíns rubios subimos as escaleiras. O meu corazón latexaba cantidade de forte. Entrou silandeiro no seu despacho e sentou no escritorio e comezou a dar golpiños nos dentes cunha pluma do colexio. Nós limitabámonos a estar de pé.

Sorriu dun xeito arrepiante e logo premeu o timbre do escritorio. Entrou a súa secretaria, el dixo: "Sente e tome nota dunha carta, señora Claricoates". A carta era para os nosos pais, dicía así:

Estimado Sr./Sra. ....:
É o meu triste deber informar que o seu fillo/filla infrinxiu deliberadamente unha das normas desta escola. Considero que esta contravención é da máxima gravidade. Polo tanto, expulso ó seu fillo/filla polo período dunha semana. Os mozos de hoxe, a miúdo carecen dunha guía moral axeitada no seu fogar, por conseguinte, considero que é o

meu deber manter na miña escola unha norma ríxida. Se vostede desexa falar do tema comigo máis polo miúdo, non dubide en chamar á miña secretaria para concertar cita.

Atentamente,

R.G. Scruton

Director

Pandora comezou a dicir algo sobre prexudica-lo seu expediente, pero o señor Scruton ¡fíxoa calar cun ruxido! Mesmo a señora Claricoates deu un brinco. Scruton dixo que podiamos agardar a que as cartas estiveran pasadas a máquina, duplicadas e asinadas e que logo seríanos mellor "saír disparados do colexio". Agardamos fóra do despacho de Scruton. Pandora estaba a chorar (porque estaba irada e frustrada, dixo ela). Eu arrodeeina un chisco co meu brazo. A señora Claricoates déuno-las cartas. Sorriu de xeito moi amable, non debe ser moi doado traballar para un déspota.

Fomos ata a casa de Pandora pero estaba pechada, así que lles dixen a todos que poderían vir á miña. Por unha vez estaba bastante limpa e ordenada, á parte dos pelos do can. Meu pai alporizouse coa carta. Suponse que é conservador, pero ultimamente non conserva moito a compostura.

Non podo evitar lamentar agora non ter levado calcetíns negros o venres.

Martes 9 de xuño

CUARTO CRECENTE

Meu pai viu hoxe a Scruton e díxolle que se non me permitía voltar á escola con calcetíns da cor que

108

me petase, queixaríase ó seu deputado. O señor Scruton preguntoulle a meu pai quen era o seu deputado. Meu pai non soubo dicirlle.

Mércores 10 de xuño

¡Pandora e mais eu estamos namorados! ¡Xa é oficial! Ela contoullo a Claire Neilson, quen llo contou a Nigel, quen mo contou a min.

Díxenlle a Nigel que lle dixese a Claire que lle dixese a Pandora que eu correspondo ó seu amor. Estou na gloria bendita coa ledicia e o éxtase. Podo esquece-lo feito de que Pandora fume cinco Benson and Hedges ó día e de que teña chisqueiro de seu. Cando un está namorado, esas cousas deixan de ter importancia.

Xoves 11 de xuño

Pasei todo o día coa miña amada. Non son quen de escribir moito, as miñas mans aínda treman.

Venres 12 de xuño

Recibín unha mensaxe do colexio que dicía que Bert Baxter me quería ver urxentemente. Fun con Pandora (somos inseparables). Bert está doente. Tiña moi mala cara. Pandora fíxolle a cama con sabas limpas (non pareceu importarlle o cheiro) e eu chamei ó médico. Describinlle os síntomas de Bert. Abafo estraño, faciana esbrancuxada, suores.

Tentamos limpar un pouco o seu cuarto, Bert dicía parvadas que non tiñan xeito ningún. Pandora dixo que estaba a delirar. Colleulle a man ata que chegou o médico. O doutor Patel foi moi amable, dixo que Bert precisaba osíxeno. Deume un número para chamar unha ambulancia, pareceume que tardaba mil en chegar. Pensei no moito que descoidara a Bert ultimamente e sentinme como unha rata miserable. Os da ambulancia puxeron a Bert nas angarelas para levalo á planta baixa. Atoáronse na esquina das escaleiras e tiraron cunha morea de botes baleiros de remolacha. Pandora e mais eu fomos facendo camiño entre o lixo do recibidor e eles puideron pasar. Antes de saír envolvérono nunha manta grande e laúda de cor vermella. Logo metérono na ambulancia e marcharon coa sirena posta. Púxoseme un nó na gorxa e humidecéronseme os ollos. Debeu ser por culpa do po.

A casa de Bert é moi poirenta.

Sábado 13 de xuño

Bert está en coidados intensivos, non pode recibir visitas. Chamo cada catro horas para saber como está. Fágome pasar por un da familia. As enfermeiras din cousas como "segue estable".

Sabre está na nosa casa. O noso can está na da avoa porque lle ten medo ós pastores alemáns.

Espero que Bert non morra. Ademais de terlle aprecio non teño roupa para un enterro.

Aínda sigo toliño de amor por P.

Domingo 14 de xuño

DOMINGO DA TRINIDADE

Fun ver a Bert, está todo cheo de tubos. Leveille un bote de remolacha para cando mellore. A enfermeira meteullo no seu armario. Levei unhas tarxetas das de "Que te mellores", unha de Pandora e miña, outra de miña avoa, outra de meu pai e outra de Sabre.

Bert estaba durmido, así que non quedei moito.

Luns 15 de xuño

O Comité do Calcetín Rubio votou ceder polo de agora ante Scruton. Levamos calcetíns rubios por embaixo dos calcetíns negros. Isto fai que nos aperten os zapatos, pero tanto nos ten porque é unha cuestión de principios.

Bert mellorou un chisco. Pasa máis tempo esperto. Ireino ver mañá.

Martes 16 de xuño

Bert só ten agora uns poucos tubos dentro. Estaba esperto cando entrei no seu cuarto. Ó primeiro non me recoñeceu porque eu levaba máscara e bata. Pensou que era un médico. Dixo, "quitádeme estes condenados tubos das miñas partes, non son a rede de sumidoiros". Despois viu que era eu e preguntoume por Sabre. Estivemos un bo anaco falando dos problemas de comportamento de Sabre, despois chegou a enfermeira e díxome que tiña que marchar. Bert pediume que lles dixera ós seus fillos que estaba para morrer; ¡deume media coroa para as chamadas! ¡Dous deles viven en Australia! Dixo que os números estaban apuntados na parte de atrás da súa cartilla do exército.

Meu pai di que media coroa vén valendo doce peniques e medio. Vou quedar coa media coroa. Ten un tacto sólido e agradable e de seguro que algún día chegará a ser unha peza de coleccionista.

Mércores 17 de xuño

LÚA CHEA

Pandora e mais eu rexistrámo-la casa de Bert na procura da súa cartilla do exército. Pandora atopou unha morea de postais de cor marrón e crema que eran moi indecentes. Viñan asinadas "*avec tout mon amour chéri, Lola*". Sentinme un chisco raro despois de miralas, e Pandora tamén. Démonos o noso primeiro auténtico bico apaixonado. Apetecíame darlle un bico francés, deses coa boca aberta, pero como non sei como se fai, tívenme que conformar cun bico inglés normaliño.

Nin rastro da cartilla do exército.

Xoves 18 de xuño

Bert xa está desentubado. Mañá trasládano a unha sala para enfermos normais. Conteille que non atopara a cartilla do exército, el dixo que xa non tiña importacia agora que sabía que non estaba para morrer.

Pandora veu canda min esta tarde. Entendeuse moi ben con Bert; falaron de Caravel. Bert deulle algúns consellos sobre o coidado de ponis. Logo Pandora saíu amañar unhas flores que lle trouxera e Bert aproveitou para preguntarme se xa "a levara ó palleiro". Ás veces non é máis ca un vello verde que non merece que lle fagan visitas.

Venres 19 de xuño

Bert está nunha sala enorme chea de xente con pernas rotas e peitos vendados. Ten moito mellor aspecto agora que leva posta a dentame. Algúns homes asubiáronlle a Pandora cando camiñaba pola sala. Oxalá non fose máis alta ca min. Bert armouna boa coa encargada da sala por emporca-las sabas do hospital con zume de remolacha. Suponse que está a dieta de líquidos.

Sábado 20 de xuño

Espero que Bert poida voltar á súa casa axiña. Meu pai está farto de Sabre e miña avoa está que non atura máis ó noso can.
O doutor de Bert díxolle que tiña que parar de fumar, pero Bert di que ós oitenta e nove anos xa non paga a pena. Pediume que lle mercara un paquete de Woodbines e unha caixa de mistos. ¿E agora que fago?

Domingo 21 de xuño

PRIMEIRO DESPOIS DA TRINDADE. DÍA DO PAI

A outra noite non dei durmido matinando no asunto dos Woodbines. Despois de moito examina-la miña conciencia decidín non cumpri-lo desexo de Bert. Despois fun ó hospital e atopeime con que Bert xa mercara os seus cheirentos cigarros ¡no carriño que anda polo hospital!

Medín a miña cousa. Medrou un centímetro. Ben podería precisar dela axiña.

Luns 22 de xuño

Espertei con dor de gorxa, non podía enviar, tentei berrar para avisar embaixo pero só me saíu un grallo. Tentei atrae-la atención de meu pai batendo no chan do cuarto cun zapato do colexio, pero meu pai berrou, "para xa con ese boureo do demo". Ó cabo mandei ó can para abaixo cunha mensaxe metida no colar. Esperei unha chea de tempo, logo oín o can a ladrar na rúa. ¡Non entregara a mensaxe! Case desespero. Tívenme que erguer para ir ó baño. Aínda non sei como dei chegado. Todo é unha brétema confusa. Quedei de pé arriba das escaleiras e grallei todo o alto que puiden, pero meu pai estaba a escoita-los seu discos de Alma Cogan, así que non me quedou outra que baixar para dicirlle que estaba malo. Meu pai miroume dentro da boca e dixo, "¡Cristo bendito, Adrian, te-las amígdalas coma dous mísiles Polaris! ¿Que estás a facer aquí embaixo? Volve para a túa cama agora mesmo, paspán". Miroume a temperatura: 44° centígrados. Por lóxica, tiña que estar morto.

Agora faltan cinco minutos para a medianoite, o médico vai vir pola mañá. Só pido que poida aguantar ata entón. Se chegase a pasa-lo peor, pola presente deixo tódolos meus ben terrenais a Pandora Braithwaite da Avenida do Olmeiro 69. Coido que estou lúcido. É moi difícil sabelo cando un ten 44° de febre.

Martes 23 de xuño

Teño anxinas. Xa é oficial. Estou con antibióticos. Pandora senta a carón da cama e le e voz alta. Oxalá non o fixese, cada palabra é coma unha rocha que peta na miña cabeza.

Mércores 24 de xuño

Tarxeta das de "Que te mellores" de miña nai. Dentro, un billete de cinco libras. Pregunteille a meu pai se podía gastalas en cinco botellas de refresco Lucozade con vitamina "C".

Xoves 25 de xuño

CUARTO MINGUANTE

Teño soños delirantes sobre Lady Diana Spencer; espero estar mellor para cando a voda. Aínda teño 44° de febre.

Meu pai non pode con Sabre, así que Pandora o levou para a súa casa. (A Sabre, non a meu pai.)

Venres 26 de xuño

O médico dixo que o noso termómetro está avariado. Síntome un chisco mellor.

Hoxe estiven levantado vinte minutos. Vin *Gardería*; tocáballe presentar a Carol Leader, é a miña presentadora favorita.

Pandora tróuxome unha tarxeta das de "Que te mellores". Fíxoa ela mesma con rotuladores. Asinouna: "Túa para sempre, Pan".

Eu queríaa bicar pero os meus beizos aínda están gretados.

Sábado 27 de xuño

¿Por que non me veu ver miña nai?

Domingo 28 de xuño

SEGUNDO DESPOIS DA TRINDADE

Miña nai acaba de marchar para colle-lo tren a Sheffield. Estou baldado de tantas emocións. Estou a ter unha recaída.

Luns 29 de xuño

Pandora foi ver a Bert Baxter. Dixo que as enfermeiras están a enfastiarse del porque non queda na cama nin fai nada do que lle din. Dano de alta o xoves.

Devezo pola paz e tranquilidade dunha sala de hospital. Eu sería un paciente perfecto.

O pai de Pandora levou a Sabre a unha canceira, cústalle tres libras ó día, pero o pai de Pandora di que paga a pena cada penique gastado.

Martes 30 de xuño

Estou nun período de convalecencia. Terei que toma-las cousas con moita calma se quero recupera-lo meu vigor de antes.

Mércores 1 de xullo

DÍA DO DOMINIO, CANADÁ. LÚA NOVA

Esta tarde veu o home que inspecciona as faltas a clase; pilloume no xardín dianteiro tombado no diván. ¡Non creu que eu estivese malo! ¡Vai dar conta á escola! Pareceu escapárselle o feito de que eu estivese a beber Lucozade en pixama, bata de casa e zapatillas. Tentei amosarlle as miñas anxinas noxentas, pero el botouse para atrás e tripou a pata do can. O can ten unha enorme sensibilidade para a dor, así que se puxo un pouco asasino. Meu pai saíu e separounos, pero a cousa puido poñerse moi negra para nós.

Xoves 2 de xullo

O médico di que mañá podo voltar ó colexio, segundo me atope. Pode estar seguro de que non me vou atopar con ganas.

Venres 3 de xullo

¡Unha familia de pel moura estase a trasladar á vella casa do señor Lucas! Sentei no diván e estiven a ollar como sacaban os mobles do camión de mudanzas. As señoras de pel moura non paraban de meter enormes potas na casa, conque debe ser unha familia grande. Meu pai dixo que era "o principio da fin da nosa rúa". Pandora está na Liga Anti-Nazi. Di que cre que meu pai é un posible racista.

Estou a ler *A cabana do Tío Tom*.

Sábado 4 de xullo

DÍA DA INDEPENDENCIA NOS E.U.A.

A rúa está chea de xente de pel moura que chega e marcha en coches, furgonetas e microbuses. Non paran de entrar e saír en grupiños da vella casa do señor Lucas. Meu pai di que debe haber tres familias en cada cuarto.

Pandora e mais eu ímoslles da-la benvida ó noso barrio. Estamos decididos a demostrarlles que non tódolos brancos son uns racistas fanáticos.

Bert Baxter está aínda no hospital.

Domingo 5 de xullo

TERCEIRO DESPOIS DA TRINDADE

Quedei na cama ata as 6 da tarde. Non había razón ningunha para erguerse. Pandora foi a un concurso hípico.

Luns 6 de xullo

A señora O'Leary está a ver se organiza unha festa na rúa para a voda real. Polo de agora, os únicos que se apuntaron foron a familia Singh.

Martes 7 de xullo

Bert Baxter fuxiu do hospital. Chamou por teléfono ó Consello Nacional para as Liberdades Civís e dixéronlle que podía asinar el mesmo e saír, e así fixo. Está no noso cuarto libre. Meu pai está que dá couces nas paredes.

Pandora, Bert e mais eu apuntámonos para a festa na rúa. Bert ten moito mellor aspecto agora que pode fumar cantos Woodbines lle pete.

O pai de Pandora veu falar con meu pai para ver que se facía con Bert e con Sabre. Embebedáronse os dous e comezaron a discutir de política. Bert petou no chan e pediulles que baixaran a voz.

Mércores 8 de xullo

Meu pai está a piques de tolear polos ronquidos de Bert. A min tanto me ten, poño plastilina nos oídos.

Hoxe fun ó colexio. Decidín coller Fogar, Arte, Carpintería, e Inglés como materias de Nivel Superior. No Nivel Inferior[2] collo Xeografía, Matemáticas e Historia.

Pandora vai coller nove materias de Nivel Superior. Pero tivo máis oportunidades ca min. Ela é socia da biblioteca dende os tres anos.

---

[2] Ver N. de T. na páxina 46.

Xoves 9 de xullo

Mañá acaba o colexio ata dentro de oito semanas. Pandora vai marchar pronto para Túnez. Como vou sobrevivir sen o meu amor, ninguén o sabe. Tentamos darnos un bico francés, pero non nos gustou a ningún, así que voltamos ó inglés.

Teño a pel moi ben. Coido que debe ser pola combinación de estar namorado e beber Lucozade.

Venres 10 de xullo

Hoxe o colexio semellaba un lugar máxico. Tódolos profesores estaban de boas. Rumoreábase que alguén vira rindo a Scruton ollos de ra, pero non o crin.

Barry Kent gabeou polo pao da bandeira e puxo unhas bragas da súa nai a ondear ó vento. Pandora dixo que seguro que era a primeira vez que lles daba o aire en moitos anos.

Sean O'Leary cumpre hoxe dezanove anos. Convidoume á súa festa de aniversario. É aquí mesmiño na rúa, así que non hai que ir moi lonxe.

Estou a escribi-lo meu diario agora por se tomo de máis. Teño entendido que a xente se pon bébeda segundo pasa pola porta dos O'Leary.

Sábado 11 de xullo

A primeira resaca de verdade. Idade, catorce anos, cinco meses e nove días. Pandora meteume na cama. Subiume polas escaleiras como se fose un bombeiro.

Domingo 12 de xullo

CUARTO DESPOIS DA TRINDADE

Esta mañá, meu pai levoume a min, a Pandora e mais a Bert á canceira Rabo Ledo. A señora Kane, a dona, negouse a ter alí a Sabre nin un día máis. Foi moi conmovedor ver a Bert e a Sabre xuntos outra vez. A señora Kane é unha muller severa, púxose moi antipática cando meu pai se negou a paga-los gastos de manutención de Sabre, ela alisábase o bigote negro cos seus dedos calosos e usaba unha linguaxe impropia dunha dama.

Bert dixo que nunca máis o separarían de Sabre. ¡Bert dixo que Sabre era o único amigo que tiña no mundo! ¡Despois de todo o que eu levo feito por el! Se non fose por min, el agora sería un cadáver, e Sabre sería un orfo que viviría coa Sociedade Protectora de Animais.

Luns 13 de xullo

¡Bert estivo a falar coa señora Singh! ¡Fala hindú perfectamente! Di que a señora Singh atopou unhas revistas indecentes embaixo dunha baldosa do cuarto de baño. ¡O legado de Lucas "o verme"!

O señor Singh está alporizado. Escribiu ós axentes inmobiliarios para queixarse de que a súa casa fora aldraxada.

Bert amosoume unha das revistas. Na miña opinión non son indecentes, claro que eu son home de mundo. Metina embaixo do colchón xunto coas *Grandes e Bambeantes*. Chámase *Fotógrafo Amateur*.

Martes 14 de xullo

Hoxe pola noite veu a asistenta social de Bert. Chámase Katie Bell. Falou con Bert dun xeito estúpido. Dixo que a Bert xa lle ofreceran sitio no Fogar do Pensionista Alderman Cooper. Bert dixo que non quería ir. Katie Bell dixo que tiña que ir. Mesmo meu pai dixo que lle daba pena de Bert. Pero polo que vin, non lle daba pena dabondo como para invitar a Bert a vivir permanentemente con nós.

Pobriño Bert, ¿que vai ser del?

Mércores 15 de xullo

Bert foise vivir cos Singh. O señor Singh foi pola caseta de Sabre, así que é oficial. Bert semella estar cantidade de feliz. A súa comida favorita é o curri.

Pandora deixoume tocarlle o peito. Prometín non dicirllo a ninguén, pero a verdade é que non hai moito que contar. Non sabería dicir onde lle empezaba o peito, embaixo de toda aquela morea de roupa interior, vestido, chaqueta e zamarra.

Estou a ler *Sexo: os feitos*, do doutor A. P. G. Haig.

Xoves 16 de xullo

11 da mañá. Hoxe déronlle a meu pai o cheque de liquidación por despido. Comezou a choutar por todo o recibidor. Pediulle a Doreen Slater que saíse con el a celebralo. Adiviña quen vai quedar de canguro con Maxwell. Si, querido diario, ¡deches no cravo! ¡Eu!

11 da noite. Maxwell púxose a durmir. Pandora chamou ás once e media para preguntar como o levaba. Non podía oíla ben cos berros de Maxwell. Pandora dixo que probara a poñerlle vodka nun pouco de leite quente e que llo botara pola súa odiosa gorxa abaixo. Acabo de facelo. E funciona.

Non é tan mal rapaz cando está a durmir.

Venres 17 de xullo

LÚA CHEA

A miña adorada amada deixa mañá estas terras. Vou ir ó aeroporto para vela marchar. Espero que o seu avión non estea afectado pola ferruxe. Acabo de buscar no mapa onde está Túnez, quedo moito máis tranquilo despois de ver que non ten que pasar polo triángulo das Bermudas.

Se algo lle acontecese ó meu amor, nunca endexamais volvería sorrir.

Merqueille un libro para ler durante a viaxe. Titúlase *Catástrofe aérea*, dun fulano chamado William Goldenstein, III. Está moi ben para saber que facer se acontece o peor.

Sábado 18 de xullo

Pandora leu *Catástrofe aérea* no autobús de camiño ó aeroporto. Cando deron o aviso para o seu voo entroulle unha pouca de histeria e o seu pai tivo que subila en brazos pola escaleira. Dixen adeus ó avión coa man ata que desapareceu dentro dunha nube enorme, despois montei triste no autobús e voltei para a casa. Non sei como vou facer na vindeira quincena. Boas noites, miña beleza tunecina.

Domingo 19 de xullo

QUINTO DESPOIS DA TRINDADE

Quedei na cama e mirei para Túnez no mapa.

Luns 20 de xullo

Aínda non recibín postal do meu amor.

Martes 21 de xullo

Bert veu esta mañá. Dixo que Túnez estaba cheo de perigos.

Mércores 22 de xullo

¿Como é que aínda non tiven postal? ¿Que puido ocorrer?

Xoves 23 de xullo

Pregunteille ó meu carteiro sobre as comunicacións entre Túnez e Inglaterra. Dixo que estaban "coma o demo"; dixo que o servicio de correos de Túnez funciona con camelos.

Venres 24 de xullo

CUARTO MINGUANTE

Fun ver ó señor Singh. Dixo que Túnez é moi pouco hixiénico. ¡Semella que ninguén sabe de Túnez coma min!

Sábado 25 de xullo

¡PANDORA! ¡PANDORA! ¡PANDORA!
¡Oh! meu amor,
O meu corazón arela,
A miña boca está seca,
A miña ialma é unha cacharela.
Ti estás en Túnez,
Eu estou aquí.
Lembra e chora pensando en min.
Volta moura, morena e sana.
Tes sorte, teu pai moitos cartos gana.
Dentro de seis días estará de volta.

Domingo 26 de xullo

SEXTO DESPOIS DA TRINDADE

Fun toma-lo té onda a avoa. Estiven tristeiro e como ausente por culpa da estadía de Pandora en Túnez. A avoa preguntoume se andaba mal do ventre. Estiven a piques de contarlle algo da historia, pero ¿de que serve explicarlle que é o *amor* a unha muller de sesenta e seis anos que pensa que a palabra "amor" é obscena?

Luns 27 de xullo

¡Unha postal dun camelo! Dicía:

Queridísimo:
As condicións económicas aquí son do máis
arrepiante. Íache mercar un regalo, pero en lugar
diso deille tódolos meus cartos a un mendigo. Ti
tes un corazón tan xeneroso, Adrian, que estou
segura de que o entenderás.
Todo o meu amor ata o infinito.
Eternamente,
Pandora   Bicos

¡Mira que darlle os cartos do meu regalo a un men-
digo porcallento e lacazán! Mesmo ó noso carteiro lle
pareceu de moi mal gusto.

Martes 28 de xullo

¡É un milagre que teña forzas para termar da plu-
ma! Andei todo o día ás carreiras cos preparativos para
a festa da voda real na rúa. A señora O'Leary veu pola
casa e preguntoume se lle podía axudar coas bandeiro-
las. Díxenlle, "penso que é o meu deber patriótico".
A señora O'Leary dixo que se eu subía á escaleira ela
pasaríame as bandeirolas. Todo foi ben nos primeiros
catro ou cinco chanzos, pero entón cometín o erro de
mirar para abaixo e deume un ataque de vertixe, así que
tivo que subi-la señora O'Leary. Non puiden evitar ve-
-las bragas da señora O'Leary. Son incriblemente atrevi-
das para alguén que vai á misa cada día e dúas veces os
domingos. ¡De encaixe negro! ¡Con cintas rubias de

126

satén! Deume a sensación de que a señora O'Leary se decatou de que lle estaba a mirar para as bragas, porque me pediu que lle chamara a Caitlin. Aledeime cando o señor O'Leary me veu substituír. O señor e a señora Singh penduraron unha enorme bandeira inglesa da fiestra do seu cuarto. Bert contoume que era unha que roubara cando estaba no exército.

A nosa casa está a deixar en ridículo á rúa. A meu pai non se lle ocorreu outra que chantar na porta dianteira un pano de cociña coa foto de Carlos e Diana.

Meu pai e mais eu mirámo-los foguetes da voda real pola televisión. Todo o que sei é que tentei disfrutar con eles pero fun incapaz. Meu pai dixo que era un xeito máis de queimar cartos. Aínda está doído por quedar sen traballo.

Espero que o Príncipe se lembre de quita-la etiqueta do prezo da sola dos zapatos; meu pai esqueceuno na súa voda. Todo o mundo na igrexa leu o que traía. Poñía: "nº 40 defectuoso, 10 chelíns".

Mércores 29 de xullo

¡¡¡DÍA DA VODA REAL!!!

¡Que orgulloso estou de ser inglés!

¡Os estranxeiros deben estar que se lles caen os dentes coa envexa!

¡O certo é que sómo-los amos do mundo cando nos dá pola suntuosidade! Teño que admitir que se me encheron os ollos de bágoas cando vin a toda aquela xentiña, que aguantara de pé dende o amencer, saudando con entusiasmo á xente rica e ben vestida que ía en carruaxes e en Rolls-Royces.

A avoa e mais Bert Baxter viñeron á nosa casa para ve-la voda porque temos unha tele en cor de vintecatro polgadas. Ó primeiro levábano ben, pero entón Bert lembrou que el era comunista e comezou a dicir cousas antimonárquicas como "estes ricos lacazáns" e "parásitos", así que a avoa mandouno de volta coa tele portátil dos Singh.

O Príncipe Carlos estaba bastante xeitosiño malia as súas orellas. O seu irmán é cantidade de guapo; mágoa que non poidan troca-las cabezas para a ocasión. Lady Diana derreteume o corazón co seu traxe branco sucio. Mesmo termou dun velliño mentres camiñaba cara ó altar. Pareceume moi amable pola súa parte tendo en conta que era o día da súa voda. Alí había unha morea de xente famosa. Nancy Reagan, Spike Milligan, Mark Phillips, etc., etc. A Raíña semellaba un chisco ciumenta. Supoño que era porque, para variar, a xente non a miraba a ela.

O Príncipe lembrárase de quita-la etiqueta de compra dos seus zapatos. Eu quiteime unha boa preocupación da cabeza.

Cando o Príncipe e mais Di puxeron os aneis, miña avoa deu en chorar. Non trouxera con ela o pano dos mocos, polo que subín a collerlle un rolo de papel hixiénico. Cando baixei xa estaban casados. ¡Así que me perdín o momento histórico do seu casamento!

Preparei unha cunca de té durante o aburrido intervalo musical, aínda que volvín a tempo para ver a aquela cangura australiana cantando. O certo é que tiña un bo par de leviáns.

A avoa e mais e eu estabamos a piques de sentar para ve-la volta triunfal da feliz parella cara ó palacio cando petaron na porta con forza. Nós fixemos como se tal cousa, así que meu pai tivo que erguerse da cama e abri-la porta. Bert e mailo señor e a señora Singh e toda a grea de pequenos Singh entraron pedindo asilo. ¡Estragáraselle-la tele! Miña avoa apertou os beizos, non é moi amiga de xente negra, moura, amarela, irlandesa, xudía ou estranxeira. Meu pai deixounos entrar a todos, despois levou á avoa á súa casa no coche. Os Singh e mais Bert xuntáronse arredor da tele falando en hindú.

O señor Singh repartiu uns pasteliños de millo. Comín un e tiven que beber un odre de auga. ¡Pensei que botaba lume pola boca! Non eran pasteliños de millo.

Vímo-la televisión ata que a feliz parella marchou da estación Victoria nun tren moi estraño. Bert dixo que semellaba estraño porque estaba limpo.

A señora O'Leary veu preguntar se podía coller emprestadas as nosas cadeiras vellas para a festa na rúa. Como meu pai se ausentara eu dixen que si e axudei a carretalas ata a beirarrúa. A nosa rúa estaba moi rara sen coches e toda chea de bandeiras e bandeirolas.

A señora O'Leary e maila señora Singh varreron a rúa. Despois todos axudamos a poñe-las mesas e as cadeiras no medio da calzada. As mulleres fixeron todo o traballo, os homes andaban pola beirarrúa a beber de máis e a contar chistes de noites de vodas reais.

O señor Singh sacou os bafles do seu tocadiscos pola fiestra da sala e puidemos escoitar un disco de Des O'Connor mentres enchiámo-las mesas de sandwiches, tartas de marmelada, salchichas en rolo e salchichas ó espeto. Despois déronnos a todos uns chapeus moi graciosos feitos pola señora O'Leary e puxémonos a xantar. Cando rematou o té, o señor Singh pronunciou un discurso sobre o grande que era ser británico. Todos o aclamaron e puxéronse a cantar

"Terra de esperanza e gloria", pero só o señor Singh sabía ben a letra. Logo diso, meu pai chegou con catro caixiñas de cervexa e dúas ducias de vasos de papel, e en pouco tempo todo o mundo empezou a comportarse dun xeito moi pouco digno.

O señor O'Leary tentou aprenderlle á señora Singh unha xiga irlandesa, pero pasou todo o tempo a enguedellarse no sari dela. Puxen o meu disco de Abba a todo volume e nun momento ¡tódolos vellos de corenta e máis puxéronse a bailar! Cando se acenderon as lámpadas da rúa, Sean O'Leary gabeou por elas e cubriunas con papel crepé rubio, branco e azul para dar ambiente e eu fun polas velas que quedaban e púxenas derriba das mesas. A nosa rúa tiña un aspecto moi bohemio.

Bert contou unhas mentiras da guerra, meu pai contou chistes. ¡A festa alongouse ata a unha da mañá!

Eu non bailei, fun un observador crítico e sorrinte. Por riba, doíanme os pés.

Xoves 30 de xullo

Vin a repetición da Voda Real sete veces na televisión.

Venres 31 de xullo

LÚA NOVA

Estou de Voda Real ata as orellas.
Pandora, a amiga dos mendigos, chega mañá.

Sábado 1 de agosto

Postal de miña nai, quere que vaia de vacacións con ela e mais co verme do Lucas. Van ir a Escocia. Espero que o pasen ben.

O voo de Pandora retrasouse por culpa dunha folga do persoal de equipaxes en Túnez.

Domingo 2 de agosto

SÉTIMO DESPOIS DA TRINDADE

O persoal de equipaxes segue en folga e ó pai de Pandora rouboulle a súa tarxeta de crédito American Express ¡un mendigo!

Pandora dixo que á súa nai trabáralle un camelo, pero que se estaba a recuperar no baño de señoras do aeroporto de Túnez. Foi marabilloso escoita-la voz de Pandora por teléfono, estivemos a falar máis de media hora. ¡Foi moi lista ó amañar unha chamada a cobro revertido dende Túnez!

Luns 3 de agosto

FESTIVO EN ESCOCIA E
NA REPÚBLICA DE IRLANDA

O persoal de equipaxes de Túnez aceptou unha comisión negociadora. Pandora di que con sorte estará de volta para o xoves.

Martes 4 de agosto

O persoal de equipaxes de Túnez albisca a solución ó lonxe.

Pandora sobrevive gracias a bolsiñas de dátiles e caramelos de menta.

Mércores 5 de agosto

O persoal de equipaxes xa está a carretar equipaxes. ¡Pandora chega o VENRES POLA NOITE!

Xoves 6 de agosto

Meu pai negouse a unha chamada a cobro revertido dende Túnez. Cortáronno-las liñas de comunicación.

Venres 7 de agosto

CUARTO CRECENTE

Chamei a Túnez mentres meu pai estaba no baño. Meu pai berrou dende arriba que a quen estaba a chamar. Conteille unha mentira. Díxenlle que estaba a chamar a información horaria.

O avión de Pandora saíu sen problemas. Debería chegar a iso da media noite.

Sábado 8 de agosto

Pandora chamou ás 7 da mañá dende a estación de San Pancras. Dixo que chegaría con retraso debido ós traballos de electrificación da vía en Flitwick.

Vestinme e fun ata a estación, saquei un billete de plataforma, agardei seis horas frías e solitarias na plataforma número dous. Marchei para a casa e atopei unha nota de Pandora. Isto é o que poñía:

> Adrian:
> Confeso que me sentín decepcionada coa túa evidente frialdade no tocante á miña chegada. Estaba segura de que teriamos un encontro emocional na plataforma tres. Pero non foi así.
> Adieu,
> Pandora.

Fun á casa de Pandora. Expliqueillo. Tivemos un encontro emocional detrás do alpendre onde o seu pai garda as ferramentas.

Domingo 9 de agosto

OITAVO DESPOIS DA TRINDADE

Toqueille outra vez o peito a Pandora. Esta vez coido que sentín algo mol. A miña cousa non para de medrar e de encoller, semella que ten vida propia. Non podo controlala.

Luns 10 de agosto

Pandora e mais eu fomos á piscina esta mañá. Pandora estaba soberbia co seu bikini branco axustadiño. Púxose da mesma cor que a señora Singh. Non me fiaba do comportamento da miña cousa, conque sentei nas bancadas dos espectadores e mirei como Pandora se tiraba do trampolín máis alto. Voltamos á miña casa. Amoseille o meu cuarto negro. Acendín unha variña de incenso. Puxen un disco de Abba, subimos ás agachadas unha botella de xarope vitamínico Sanatogen. Consentimos en darnos un pequeno magreo, pero despois a Pandora entroulle dor de cabeza e marchou á súa casa a descansar.

Eu estaba que estoupaba de sexualidade por tódolos lados, pero esvaecéuseme cando axudei a meu pai a botar esterco no macizo das rosas.

Martes 11 de agosto

Recibín outra postal de miña nai.

Querido Adri:
Non podes facerte á idea das ganas que teño de verte. O vencello materno é tan forte coma sempre. Sei que te sentes ameazado pola miña relación con Bimbo, pero, Adri, non tes por que. Bimbo satisfai as miñas necesidades sexuais. Nin máis, nin menos. Así que, Adri, medra un pouco e ven para Escocia.
Moito amor,
Pauline (nai)
P. D. Marchamos o quince. Colle o tren das 8:22 a Sheffield.

134

O carteiro dixo que se miña nai fose a súa muller daríalle unha boa tunda. Non coñece a miña nai. Se alguén ousase poñerlle un só dedo enriba, batería nel ata mallalo.

Mércores 12 de agosto

Pandora cre que unha separación de proba viríanos ben. Di que o noso magreo do outro día, de calidade entre baixa e mediana, pode chegar a ser de boa calidade en pouco tempo. Teño que admitir que a tensión está a ter un efecto negativo na miña saúde. Non teño enerxía; póñome a durmir e esperto con soños de Pandora e o seu bikini branco ou coas bragas da señora O'Leary.

Mal que ben vou ter que ir a Escocia.

Xoves 13 de agosto

Meu pai decidiu ir a Skegness para o quince. Alugou unha caravana de catro liteiras. ¡Vai levar a Doreen e a Maxwell! ¡Espera que eu vaia!

Se vou, a xente vai dar en pensar inmediatamente que ¡Doreen é a miña nai e que Maxwell é o meu irmán!

Vou a Escocia.

Venres 14 de agosto

Houbo traxedia onte á noite con Pandora. Os dous xurámonos fidelidade. Preparei toda a equipaxe. Levámoslle o can á avoa xunto con catorce latas de Pedigree Chum e unha bolsa xigante de Winalot.

Vou levar *Fuxida da infancia*, de John Holt, para ler no tren.

Sábado 15 de agosto

LÚA CHEA

Meu pai, a Lombriga e mais Pitufo Maxwell fóronme despedir á estación. A meu pai importoulle unha figa que eu preferira ir a Escocia e non a Skegness. De feito semellaba moi ledo. A viaxe no tren foi terrible. Tiven que ir de pé todo o tempo ata Sheffield. Falei cunha señora nunha cadeira de rodas que ía no compartimento do revisor. Era moi simpática, dixo que o único bo de estar eivado era que sempre conseguías sitio nos trens. Inda que fose no compartimento do revisor. Miña nai e o verme do Lucas recibíronme en Sheffield. Miña nai estaba cantidade de delgada e vestía cunha roupa xuvenil de máis para ela. ¡O verme Lucas levaba vaqueiros! A barriga penduráballe por fóra do cinto. Fíxenme o durmido ata que chegamos a Escocia.

Lucas sobaba en miña nai mesmo mentres conducía.

Estamos nun sitio que se chama Loch Lubnaig. Estou na cama, nunha cabana de troncos. Miña nai e Lucas foron á vila para ver se mercaban tabaco. Polo menos iso dixeron.

Domingo 16 de agosto

NOVENO DESPOIS DA TRINDADE

Hai unha lagoa fronte á cabana e un piñeiral e unha montaña detrás da cabana. Non hai nada que facer. É cantidade de aburrido.

Luns 17 de agosto

Lavei algo de roupa nunha cabana longa de troncos que fai de lavandería. Falei cun turista americano que se chama Hamish Mancini; é do meu tempo. A súa nai está de lúa de mel por cuarta vez.

Martes 18 de agosto

Choveu seguido todo o día.

Mércores 19 de agosto

Mandei postais. Chamei a Pandora a cobro revertido. O seu pai negouse a acepta-la chamada.

Xoves 20 de agosto

Xoguei ás cartas con Hamish Mancini. A súa nai e mailo seu padrastro e miña nai e mailo seu amante marcharon co coche a ver unha fervenza. ¡Vaia cousa!

Venres 21 de agosto

Camiñei catro quilómetros ata Callander para mercar unha barra Mars de chocolate. Xoguei ós marcianos. Volvín, tomei un té. Chamei a Pandora dende unha cabina de troncos. Cobro revertido. Aínda me ama. Aínda a amo. Marchei para a cama.

Sábado 22 de agosto

CUARTO MINGUANTE

Fomos ve-la tumba de Rob Roy. Vímola, voltamos.

Domingo 23 de agosto

DÉCIMO DESPOIS DA TRINDADE

Miña nai fixo amizade cunha parella chamada señor e señora Ball. Marcharon a Stirling Castle. A señora Ball ten unha filla que é escritora. Pregunteille que estudiara a súa filla para chegar a escritora. A señora Ball dixo que a súa filla caera de cabeza cando nena e que dende aquela quedara un "chisco rara".

Como é o aniversario da señora Ball, viñeron todos á nosa cabana de troncos a celebralo. Queixeime do boureo á 1 da mañá, ás 2, ás 3, ás 4. ¡Ás 5 da mañá decidiron escala-la montaña! Indiqueilles que estaban cegos de alcol, que eran vellos de máis, que non tiñan calificación ningunha, que non estaban preparados nin sabían de técnicas de supervivencia, que non tiñan unha maletiña de primeiros auxilios, nin botas fortes de montaña, nin compás, nin mapa nin un termo con bebida enerxética.

Oíronme coma quen oe chover. Subiron todos á montaña, baixaron e ás 11:30 da mañá estaban a cociñar ovos con touciño.

Mentres escribo, o señor e a señora Ball andan coa canoa pola lagoa. Teñen que estar drogados.

Luns 24 de agosto

Fomos a Edinburgo. Vímo-lo castelo, o museo de xoguetes, a pinacoteca. Xantamos un *haggis*. Voltamos á cabana de troncos, lin *Glencloe*, de John Prebble. Mañá imos aló.

Martes 25 de agosto

A masacre de Glencloe ocorreu o 13 de febreiro de 1692. O 14 de febreiro, John Hill escribíalle ó Conde de Tweeddale: "arrasei Glencloe". E levaba boa razón, non queda nadiña. Mañá, Glasgow.

Mércores 26 de agosto

Aínda que eran as 11 da mañá cando pasamos por Glasgow, ¡contei vintesete borrachos nun quilómetro! Menos as tendas de bricolaxe, tódalas outras tendas tiñan as reixas dos escaparates botadas. As tendas de licores tiñan arame de espiño e anacos de vidro polo teito. Demos un paseíño e despois miña nai comezou a amolar ó verme Lucas para que a levara ó museo. Eu tiña a intención de quedar no coche e ler *Glencloe*, pero con todos aqueles borrachos a cambalear por alí, decidín ir con eles ó museo, aínda que de mala gana.

¡Canto me alegro de ter ido! ¡Tería pasado por esta vida sen disfrutar dunha importante experiencia cultural!

¡¡Hoxe vin o cadro da Crucifixión de Salvador Dalí!! ¡*O auténtico*! ¡Non unha reproducción!

Estaba colgado ó final dun corredor e ía cambiando segundo ía achegándome. Cando chegas onda el, sénteste moi pouca cousa. ¡É unha auténtica marabilla!

¡Enorme! Cunhas cores cantidade de boas e Xesús semella un fulano real. Merquei seis postais del no museo, aínda que non é o mesmo que o orixinal.

Algún día traerei a Pandora para que o vexa. Se cadra, na nosa lúa de mel.

Xoves 27 de agosto

Hoxe, Oban. Topámonos de fociños co señor e a señora Swallow, que viven na rúa do lado. Todos comezaron a dicir, "que pequeno é o mundo, ¿eh?" A señora Swallow preguntoulle ó verme Lucas que tal lle ía á súa muller. Lucas contoulle que a súa muller deixárao por outra muller. A todos se lles subiron as cores e comezaron a dicir que o mundo era ben pequeno e separámonos. Miña nai púxose coma unha lurpia con Lucas. Díxolle, "¿Tesllo que contar a todo o mundo?" e "¿Como cres ti que me sinto cun home abandonado por unha lesbiana?" Lucas deu en laiarse un pouco, pero entón miña nai comezou a poñerse como miña avoa, así que el colleu e calou a boca.

Venres 28 de agosto

Hoxe, Fort William. Ben Nevis foi outra decepción. Non puiden saber onde comezaba e onde remataba. Mesturábase con outras montañas e outeiros que había por alí. Lucas caeu nun *burn* (regato, en escocés), pero por desgracia non levaba auga dabondo para que afogara.

Sábado 29 de agosto

LÚA CHEA

Fun dar un paseo arredor da lagoa con Hamish Mancini. Contoume que pensa que a súa nai vai camiño do quinto divorcio. Marcha para a súa casa esta noite, ten cita co seu psicoanalista de Nova YorK o luns pola mañá.

Rematei coas miñas cousas e estou esperando a que miña nai e mailo verme Lucas volvan de andar ás cochinadas furtivamente nalgún recuncho do piñeiral.

Marcharemos ó amencer.

Domingo 30 de agosto

UNDÉCIMO DESPOIS DA TRINDADE

Fíxenlle parar a Lucas en Gretna Green para mercar uns recordos. A Pandora merqueille un seixo con forma de lóndrega; a Bert, unha pucha a cadros escocesa; ó can, un laciño a cadros para o pescozo; á avoa, unha caixa a cadros con chocolates; á Lombriga, unhas galletas á cadros; a Maxwell, un chupete de caramelo a cadros. A meu pai merqueille un pano a cadros.

A min mesmo regaleime un caderno a cadros. Estou decidido a ser escritor.

Este é un extracto de "Pensamentos meus sobre Escocia" escrito na M6 a 180 km/h:

A sagrada brétema esváese e revela en toda a súa maxestosidade os maxestosos cumios de Escocia. Unha forma no ceo translúcido revélase como unha aguia, ese maxestoso paxaro de presa. Poutas afiadas, pousa nunha lagoa, e ondula a acougada maxestosidade das augas revoltas. A aguia só se detén para afundi-lo seu maxestoso bico no líquido elemento antes de estalica--las súas maxestosas ás e voar cara ó seu maxistral niño no alto dos outeiros ermos, áridos e sen herba.

O gando das Terras Altas. A besta de cornos maxestosos dos vales estreitos, baixa a súa cabeza maxestosa, enguedellada e de ollos marróns, mentres rumia nos misterios de Glencoe.

Hai un par de "maxestosos" de máis. Pero penso que se le bastante ben. Vouno mandar á BBC cando estea rematado. Cheguei á casa ás 6 da mañá. Canso de máis para escribir.

Luns 31 de agosto

FESTIVO NO REINO UNIDO
(EXCEPTO ESCOCIA)

Todo o mundo está sen un peso. Os bancos están pechados e meu pai non dá recordado o número da súa tarxéta de crédito. Tivo a desvergoña de pedirlle prestadas cinco libras a Bert Baxter. ¡Estache bonito, pedirlle cartos a un vello pensionista! Hai que ter ben pouca dignidade.

¡Pandora e mais eu estamos agora namorados dun xeito tolo! A separación só serviu para avivece-la nosa paixón. Axítanseno-las hormonas cada vez que nos vemos. A noite pasada, Pandora durmiu co seixo lóndrega na súa man. Como me gustaría ter sido ese seixo lóndrega.

Martes 1 de setembro

Como o señor Singh tivo que voltar para a India a coidar dos seus pais xa velliños, dixéronlle a Bert ¡que se tiña que mudar á casa vella e porcallenta de antes! O señor Singh di que non se fía de que as súas mulleres queden soas na casa con Bert. ¿Como se pode ser tan pailaroco? A Bert non lle importou gran cousa; dixo que aquelo "era todo un cumprido" para el.

Pandora e mais eu imos limpa-la casa de Bert e mais axudarlle co traslado. Débelle ó Concello duascentas vintecatro libras da renda atrasada. Ten que paga-los atrasos a razón de cincuenta peniques á semana. Xa é un feito: Bert vai morrer con débedas.

Mércores 2 de setembro

Hoxe Pandora e mais eu fomos botarlle un ollo á casa de Bert. É un espectáculo realmente abraiante. Se Bert devolvera tódalas botellas de cervexa baleiras á tenda de licores, daríanlle polos cascos cartos dabondo para paga-los atrasos da renda.

Xoves 3 de setembro

Meu pai axudounos a sacar tódolos mobles da planta baixa da casa de Bert, as couzas saíron toma-lo sol. Cando levantámo-las alfombras descubrimos que durante anos Bert andara sobre unha capa de lixo, xornais vellos, prendedores do pelo, boliñas e ratos apodrecidos. Colgámo-las alfombras no tendal e batemos nelas toda a tarde, pero non paraban de botar po a moreas. Pandora púxose toda contenta a iso das 5 da tarde, dicía que xa se albiscaba o debuxo dunha das alfombras, pero cando o miramos máis de cerca resultou ser un pastel esmagado. Mañá viremos outra vez co xabrón especial para alfombras da nai de Pandora. Pandora dixo que a súa eficacia fora comprobada pola revista *O consumidor*, pero aposto que non fixeron a proba nun cortello tan porcallento como o de Bert Baxter.

Venres 4 de setembro

¡Acabo de presenciar un milagre! Esta mañá, as alfombras de Bert tiñan unha cor gris escuro, agora hai unha Axminster rubia e unha Wilton azul. As alfombras están a secar no tendal. Riscamos todo o chan e lavámo-los mobles cun desinfectante funxicida. Pandora descolgou as cortinas pero esfareláronselle nas mans antes de chegar ó vertedeiro. Bert estivo sentado no diván a criticar e a queixarse. Non entende que mal pode haber en vivir nunha casa chea de merda.

¿Que mal *hai* en vivir nunha casa chea de merda?

Sábado 5 de setembro

Meu pai levou esta mañá as botellas baleiras de Bert á tenda de licores. O maleteiro, o asento traseiro e todo o chan do coche estaba cheo delas. O coche cheiraba a cervexa negra que abafaba. Quedou sen gasolina polo camiño e chamou á A. A.. O home da A. A. foi do máis maleducado, dixo que meu pai non precisaba da Axuda ó Automobilista, ¡senón de Alcólicos Anónimos!

144

Domingo 6 de setembro

DUODÉCIMO DESPOIS DA TRINDADE.
CUARTO CRECENTE

A casa de Bert ten un aspecto estupendo. Todo está cantidade de limpo e resplandecente. Puxémoslle a cama na sala para que puidera ve-la televisión dende a cama. A nai de Pandora fíxolle uns arranxos florais moi artísticos e o pai de Pandora fíxo unha gateira para pastores alemáns na porta traseira, para que Bert non teña que erguerse a abrirlle a Sabre.

Bert múdase mañá.

Luns 7 de setembro

DÍA DO TRABALLO NOS E.U.A. E CANADÁ

Carta vía aérea de Hamish Mancini.

¡Ola Adri!

¿Como vai a cousa? ¡Espero que o catano Pandora vaia rulando! ¡Dáme no nariz que ela ten que molar a vurullóns! ¡Escocia deixoume coma un pan! ¡Case se me varre o mundo! Ti es un ghicho de lei, Adri. Supoño que me deu un chisco polo trauma cando estivemos a darlle á pibela, pero o doutor Eagelburger (o meu comecocos) está a facer grandes cousas coa miña líbido. Agora a vella está feita unha acabación, o cuarto home saíulle un cansavacas e por riba ¡ten un armario con máis Calvin Kleins que ela! ¿Non cres que o outono é unha carallada? ¡Follas de merda a dar cun pé!

¡¡Vémonos, colega!!

Hamish

Amoseilla a Pandora, a meu pai e mais a Bert, pero ninguén a entende. A Bert non lle gustan os americanos porque tardaron moito en entrar en guerra ou algo así.

Bert está agora coa casa limpa. Non deu as gracias pero semella feliz.

Martes 8 de setembro

O xoves, a leria noxenta do colexio. Púxenme o uniforme vello, pero medrei de tal xeito que quedou pequeno. A meu pai non lle vai quedar outra que me comprar un uniforme novo mañá.

Está que bota lume polos ollos, pero eu non podo evitar que o meu corpo estea a pasar por un período de medra, ¿ou si? Agora só son cinco centímetros máis pequeno que Pandora. A miña cousa permanece estable nos doce centímetros.

Mércores 9 de setembro

Chamou a avoa, descubriu o de que Doreen e mais Maxwell foran a Skegness. Non lle pensa falar a meu pai nunca máis.

Esta é a miña lista da compra:

Chaqueta do colexio	29'99	Libras
2 pantalóns grises	23'98	"
2 camisas brancas	11'98	"
2 xerseis grises	7'98	"
3 pares calcetíns negros	2'37	"
1 pantalón deporte	4'99	"
1 camiseta deporte	3'99	"

1 chándal	11'99	"
1 par zapatillas deporte	7'99	"
1 par botas de fútbol e tacos	11'99	"
1 par medias de fútbol	2'99	"
Pantalóns de fútbol	4'99	"
Camiseta de fútbol	7'99	"
Bolsa deporte Adidas	4'99	"
1 zapatos negros	15'99	"
1 calculadora	6'99	"
Xogo pluma e lapis	3'99	"
Xogo xeometría	2'99	"

A meu pai pódelle moi ben saír por unhas cen libras. A súa indemnización por despido debeu ser boa, así que non sei por qué está derriba da cama a laiarse. ¡Non é máis ca un raña e un forricallas! ¡De tódolos xeitos non pagou con cartos *de verdade*! Usou a tarxeta American Express.

Pandora quedou admirada co meu novo uniforme. Di que lle parece que teño bastantes posibilidades de que me elixan monitor de alumnos.

Xoves 10 de setembro.

Un glorioso comezo de curso. ¡Son monitor de alumnos! A miña primeira tarefa é a de vixiar ós que chegan tarde. Téñome que poñer onde a entrada da reixa e colle-lo nome dos que tentan pasar ás agachadas cando chegan tarde. Pandora tamén é monitora de alumnos. Encárgase de mante-lo silencio na cola do xantar.

O meu novo titor, o señor Dock, deume hoxe o meu novo horario. Inclúe as materias de Nivel

Superior e Inferior e é obrigatorio facer Mate, Inglés, Educación Física e Relixión Comparativa. Pero déixanche elixir nas materias de Cultura e Creatividade. Así que escollín Estudios dos Medios de Comunicación (cantidade de sinxelo, non é máis que ler xornais e vela tele) e Paternidade (só aprender cousas sobre o sexo, digo eu). O señor Dock tamén dá Literatura Inglesa, conque non nos queda outra que nos levar ben, agora estou seguro de se-lo rapaz máis lido do colexio. Poderei botarlle unha man se ten algún atranco.

Pedinlle a meu pai cinco libras cincuenta para ir a unha excursión do colexio ó Museo Británico. Púxose feito un can e dixo: "¿Que pasa logo coa educación gratuíta?" Díxenlle que non sabía.

Venres 11 de setembro

Estiven un bo anaco a falar co señor Dock. Expliqueille que eu era un rapaz de proxenitor único, cun pai desempregado e túzaro. O señor Dock dixo que tanto lle tiña se eu saíra dunha nai negra, lesbiana e coxa e mais dun pai mouro, leproso, chepudo e anano, con tal de que as miñas redaccións foran claras, intelixentes, e sen pretensións. ¡Estache ben o tema da caridade cristiá!

Sábado 12 de setembro

Pola mañá escribín unha redacción clara, intelixente e sen pretensións sobre a vida salvaxe en Escocia. Pola tarde fun de compras a Sainsbury's con meu pai. Vin a Rick Lemon matinando xunto á froita; díxome que escoller froita era un "acto abertamente político".

Rexeitou as mazás de Suráfrica, as deliciosas mazás golden francesas, as laranxas israelís, os dátiles tunecinos, os pomelos americanos. Ó final quedouse co ruibarbo inglés, "aínda que", segundo dixo, "tiña unha forma fálica, posiblemente sexista". A súa moza, Teta (de Teresa), ateigaba o carriño de legumes e arroz. Levaba unha saia longa pero de cando en vez dábanme na vista as súas pernas cheas de pelos. Meu pai dixo que prefería, cos ollos pechados, unhas pernas ben depiladas. ¡A meu pai gústanlle as medias, as ligas, as mini saias e os escotes xenerosos! Está cantidade de anticuado.

Domingo 13 de setembro

DECIMOTERCEIRO DESPOIS DA TRINDADE

Fomos ver a Caravel. Pandora xa non a monta porque dá cos pés no chan. Vanlle traer un cabalo de verdade a vindeira semana. Chámase Ian Smith. A xente que o vende vivía antes en África, en Zimbabwe.
Mañá é o aniversario de miña nai. Vai facer trinta e sete.

Luns 14 de setembro

LÚA CHEA

Chamei a miña nai antes de ir ó colexio. Non contestou ninguén. Supoño que estaba na cama con ese cocho porcallento de Lucas.
A comida do colexio é agora unha auténtica merda. Pouco a pouco vai desaparecendo o mollo, o flan e

mailo pudin quente. O menú típico é: hamburguesa, fabas, patacas fritidas, iogurt ou chulas. Non abonda para formar ósos e tendóns fortes. Estou pensando en mandarlle unha protesta á señora Thatcher. Non será pola nosa culpa se medramos apáticos e sen sangue ningún nas veas. Se cadra, a señora Thatcher quérenos deixar ben febles para que non lle organicemos manifestacións nos anos vindeiros.

Martes 15 de setembro

Barry Kent chegou tres veces tarde nunha semana. Polo tanto é o meu triste deber comunicarllo ó señor Scruton.

A falta de puntualidade é síntoma dun cerebro trastornado, polo que non pode quedar sen castigo.

Mércores 16 de setembro

O noso curso vai ir ó Museo Británico o xoves. Pandora e mais eu sentaremos xuntos no autobús. Vai traer un xornal da casa para termos un pouco de intimidade.

Xoves 17 de setembro

A señorita Fossington-Gore deunos unha conferencia sobre o Museo Británico. Dixo que era un "tesouro abraiante dos logros da humanidade". Ninguén escoitaba o que dicía. Todo o mundo estaba pendente do xeito en que botaba a man ó seu peito esquerdo cada vez que se acoraba.

Venres 18 de setembro

2 da mañá. Acabo de chegar de Londres. Ó conductor do autobús deulle a tolería automobilística no medio e medio da autoestrada. Quedei tan alterado pola experiencia, que non son quen de conta-lo que pasou hoxe dun xeito claro e intelixente.

Sábado 19 de setembro

O colexio pode moi ben necesitar un informe claro dun observador sen prexuízos, sobre o que aconteceu no camiño de ida a Londres, na estadía e no camiño de volta da excursión. Son a única persoa calificada para iso. Pandora, malia as súas calidades, non ten os meus nervios de aceiro.

Excursión da clase de Cuarto D ó Museo Británico

7 da mañá. Subín ó autobús.
7:05 Comín almorzo preparado, bebín refresco baixo en calorías.
7:10 Autobús parou para que Barry Kent vomitara.
7:20 Autobús parou para que Claire Nelson fora ó baño.
7:30 Autobús saíu do colexio.
7:35 Autobús voltou ó colexio polo bolso da señorita Fossington-Gore.
7:40 Conductor autobús foi visto facendo cousas raras.
7:45 Autobús parou para que Barry Kent vomitara outra vez.
7:55 Achegámonos á autoestrada.

8:00 Conductor autobús parou autobús e pediulle a todos que non fixeran cortes de manga ós conductores de camións.

8:10 Conductor autobús perde paciencia, négase a conducir por autoestrada ata que "os profesores do carallo controlen ós rapaces".

8:20 Señorita Fossington-Gore fai que todos senten.

8:25 Pola autoestrada.

8:30 Todos a cantar "Dez botellas verdes".

8:35 Todos a cantar "Dez mocos verdes".

8:45 Conductor autobús para canciós a grandes berros.

9:15 Conductor autobús para en gasolineira e véselle beber longamente da petaca.

9:30 Barry Kent reparte barras de chocolate roubadas na tenda da gasolineira. Señorita Fossington-Gore escolle un chocolate Bounty.

9:40 Barry Kent vomita no autobús.

9:50 Dúas rapazas sentadas a carón de Barry Kent vomitan.

9:51 Conductor autobús négase parar en autoestrada.

9:55 Señorita Fossington-Gore cobre vómitos con area.

9:56 Señorita Fossington-Gore vomita coma un can.

10:30 Autobús vai ós tombos por beiravía, os outros carrís pechados por obras.

11:30 Ármase liorta nos asentos traseiros mentres autobús achégase ó final da autoestrada.

11:45 Fin da liorta. Señorita Fosssington-Gore atopa caixa de primeiros auxilios e procura vendaxes. Barry Kent castigado a sentar á beira do conductor.

11:50 Autobús descomposto en Swiss Cottage.

11:55 Conductor autobús descomposto diante do home da A. A.

12:30 Clase de cuarto D colle autobús Londres--San Pancras.

1 da tarde. Clase de cuarto D camiña dende San Pancras por Bloomsbury.

1:15 Señorita Fossington-Gore chama á porta da clínica Travistock House, pregunta se doutor Laing botaría unha ollada rápida a Barry Kent. Doutor Laing en América dando conferencias.

1:30 Entramos Museo Británico. Adrian Mole e Pandora Braithwaite abraiados por evidencia da herdanza da Cultura Mundial. Resto da clase de cuarto D corren coma tolos, rin das estatuas espidas e escapan dos vixilantes.

2:15 Señorita Fossington-Gore en estado de colapso. Adrian Mole chama cobro revertido a director colexio. Director en xuntanza-xantar con señoras folguistas, non se lle pode molestar.

3 da tarde. Vixilantes xuntan clase de cuarto D e fanos sentar nas escaleiras do museo.

3:05 Turistas americanos fotografan Adrian Mole dicindo que é "unha preciosidade de colexial inglés".

3:15 Señorita Fossington-Gore recupérase e leva clase de cuarto D de visita turística por Londres.

4 da tarde. Barry Kent bótase á fonte de Trafalgar Square, cousa que predixera Adrian Mole.

4:30 Barry Kent esvaécese, última vez visto camiño do Soho.

4:35 Chega policía, levan clase de cuarto D a unidade móbil, amañan volta do autobús. Chamadas pais para nova hora de chegada. Chamada a casa director. Claire Neilson con ataque de histeria. Pandora Braithwaite di a señorita Fossington-Gore que é a vergoña da profesión docente. Señorita Fossington-Gore acepta dimitir.

6 da tarde. Barry Kent atopado en "sex-shop".

Acusado de roubar crema "grande e dura" e dous "condóns fantasía".

7 da tarde. Autobús sae da comisaría con escolta policial.

7:30 Escolta policial di adeus coas mans.

7:35 Conductor autobús prega a Pandora Braithwaite que poña orde.

7:36 Pandora Braithwaite pon orde.

8 da tarde. Señorita Fossington-Gore redacta dimisión.

8:30 Conductor autobús dálle tolemia da autoestrada.

8:40 Chegada. Rodas botan fume. Clase de cuarto D aterrecida e sen fala. Señorita Fossington-Gore acompañada por señor Scruton. Pais alporizados. Conductor autobús acusado pola policía.

Domingo 20 de setembro

DECIMOCUARTO DESPOIS DA TRINDADE. CUARTO MINGUANTE

Danme ataques de ansiedade cada vez que penso en Londres, na cultura ou na autoestrada M1. Os pais de Pandora están a presentar queixas contra todo aquel que se lles pasa pola cabeza.

Luns 21 de setembro

O señor Scruton felicitounos a Pandora e mais a min polas nosas calidades de liderato. A señorita Fossington-Gore está de baixa por enfermidade. Suspendéronse tódalas futuras excursións do colexio.

Martes 22 de setembro

A policía retirou os cargos contra o conductor do autobús porque hai "evidencias de provocación grave". A "sex-shop" tampouco presenta denuncia porque oficialmente Barry Kent é un neno. ¡Un neno! Barry Kent nunca foi neno.

Mércores 23 de setembro

O señor Scruton leu o meu informe sobre a excursión a Londres. ¡Subiume dous puntos na nota polo informe!

Hoxe daban no telexornal que o Museo Británico está estudiando prohibi-las excursións escolares.

Xoves 24 de setembro

Pandora e mais eu estamos a disfrutar xuntos do comezo do outono camiñando entre as follas e respirando o cheiro das fogueiras. Este é o primeiro ano que son quen de pasar a carón dun castiñeiro sen lle tirar un pao.

Pandora di que estou a madurar moi axiña.

Venres 25 de setembro

Hoxe pola noite saín coller castañas de Indias con Nigel. Eu collín cinco ben grandes e fermosas e esmaguei as de Nigel. ¡Ha! ¡Ha! ¡Ha!

Sábado 26 de setembro

Levei a Caravel onda Bert. Estes días non é quen de andar moito.

Van vender a Caravel a unha familia rica. Unha rapaza chamada Camilla vai aprender a montar con ela. Pandora di que Camilla é tan requintada que non hai quen a entenda cando fala. Bert estaba cantidade de triste, dixo "ti e mais eu acabaremos criando herbas, preciosa".

Domingo 27 de setembro

DECIMOQUINTO DESPOIS DA TRINDADE

Caravel marchou ás 10:30 da mañá. Leveille unha mazá de dezaseis peniques para que non pensara na anguria do momento. Pandora botou a correr detrás do remolque pequeniño berrando, "cambiei de idea", pero non o deu collido.

Pandora tamén cambiou de opinión respecto a Ian Smith. Non quere saber nada máis de cabalo ou poni algún. Séntese culpable por ter vendido a Caravel.

Ian Smith chegou ás 2:30 da tarde e mandárono de volta. Había unha mirada torva na súa cara negra mentres se alonxaba no remolque. O pai de Pandora vai ir mañá pola mañá ó banco para anula-lo cheque que asinara o xoves. Tamén había unha mirada torva na súa cara.

Luns 28 de setembro

LÚA NOVA

A Bert pásalle algo nas pernas. O médico di que precisa coidados diarios. Hoxe fun onda el pero é pesado de máis para que eu poida turrar del. A enfermeira do barrio pensa que Bert estaría mellor no Fogar do Pensionista Alderman Cooper. Pero eu non o creo. Pasei por onde a súa casa de camiño ó colexio. Semella un museo. Os vellos son como obxectos nunha exposición.

Bert, ti es vello revello
Gústache Sabre, a remolacha e o tabaco.
Non temos nada parello,
Eu teño catorce e medio,
E ti noventa e nove.
Ti cheiras, eu non.
¿Por que somos amigos?
Para min é un misterio.

Martes 29 de setembro

Bert non se leva coa enfermeira do barrio. Di que non lle gusta que unha muller lle ande nas súas partes. O que é a min, non me importaría.

Mércores 30 de setembro

Alégrome de que setembro estea para rematar, non trouxo máis que problemas. Caravel, que se vai. Pandora, que esta tristeira. Bert, nas últimas. Meu pai, aínda sen traballo. Miña nai, aínda emperrenchada polo verme Lucas.

Xoves 1 de outubro

7:30 da mañá. ¡Acabo de espertar e atópome co barbarote cheo de grans! ¿Como lle vou chegar así a Pandora?

10 da noite. Pasei todo o día a fuxir de Pandora, pero pilloume no xantar do colexio. Tentei comer coa man posta diante do barbarote pero facíaseme moi difícil. Confeseillo todo cando chegamos ó iogur. Ela aceptou a miña eiva dun xeito moi sereno. Dixo que aquelo non ía cambia-lo noso amor, pero cando nos démo-las boas noites á saída do clube xuvenil, deume por pensar que os seu bicos non tiñan a paixón doutras veces.

Venres 2 de outubro

6 da tarde. Síntome moi desgraciado. Unha vez máis tiven que botar man da boa literatura para me consolar. Non é de estrañar que os intelectuais se maten, toleen ou morran pola bebida. Nós sentímo-las cousas máis que outra xente. Sabemos que o mundo está apodrecido e que os barbarotes se estragan cos grans. Estou a ler *Progreso, coexistencia e liberdade intelectual,* de Andrei D. Sakharov.

É "un documento de inestimable importancia", segundo di na portada.

11:30 da noite. Progreso, coexistencia e liberdade intelectual é un inestimable aburrimento, segundo eu, Adrian Mole.

Non estou de acordo coa análise que fai Sakharov sobre as causas do rexurdimento stalinista. Estamos a dar Rusia no colexio, así que falo con coñecemento de causa.

Sábado 3 de outubro

Pandora estase a volver fría comigo. Hoxe non apareceu pola casa de Bert. Tiven que limpar eu só.

Pola tarde fun a Sainsbury's como de costume; xa están a vender pasteis de Nadal. Sinto que a vida se me vai en nada.

Estou a ler *Cumios borrascosos*. É xenial. Se puidera levar a Pandora a algún cumio, estou seguro de que renacería a nosa vella paixón.

Domingo 4 de outubro

DECIMOSEXTO DESPOIS DA TRINDADE

Convencín a Pandora para que se apuntara no clube xuvenil ó cursiño de supervivencia en montaña en Derbyshire. Rick Lemon vailles mandar ós nosos pais unha lista do equipo que se precisa e mais un formulario para que nos dean permiso. No meu caso mandarallo ó meu único pai. Só me quedan dúas semanas para poñerme en plena forma. Intento facer cincuenta flexións pola noite, ben que o intento, pero non dou. Ó máximo que chego é a dezasete.

Luns 5 de outubro

¡Bert foi secuestrado polos Servicios Sociais! Téñeno retido no Fogar do Pensionista Alderman Cooper. Funo ver. Comparte cuarto cun vello que se chama Thomas Bell. Cada un ten o seu cinceiro co seu nome.

A Sabre buscáronlle acomodo na Sociedade Protectora de Animais.

O noso can desapareceu. Isto venta algunha calamidade.

Martes 6 de outubro

CUARTO CRECENTE

Pandora e mais eu fomos visitar a Bert, pero foi unha perda de tempo.

O seu cuarto produciunos un efecto estraño, deunos por non querer falar de nada. Bert di que vai demandar ós Servicios Sociais por privalo dos seus dereitos. ¡Di que ten que ir para a cama ás nove e media! Non é xusto, el está afeito a quedar esperto ata o peche de emisión. Ó marchar pasamos por onde a sala. Os vellos sentaban ó longo da parede en cadeiras con bandexa. Tiñan prendida a televisión pero ninguén miraba para ela, os vellos miraban como se estiveran a matinar en algo.

Os Servicios Sociais pintaron as paredes de laranxa para tentar animar ós vellos. Penso que non lles deu moito resultado.

Mércores 7 de outubro

Thomas Bell morreu pola noite. Bert di que ninguén sae vivo de alí. Bert é o interno máis vello. Está cantidade de preocupado pola morte. Agora é o único home de todo o centro. Pandora di que as mullerees sobreviven ós homes. Di que é algo así como unha prima, xa que ás mulleres lles toca sufrir antes.

160

O noso can aínda segue extraviado. Puxen un anuncio na tenda do señor Cherry.

Xoves 8 de outubro

Bert aínda está vivo, así que hoxe levei a Sabre para que o vise. Apoiamos a Bert contra a fiestra do seu cuarto e púxose a saudar coa man a Sabre, que estaba abaixo no xardinciño. Non se permite a entrada de cans no centro. Outra das súas regras de merda.

O can segue perdido, xa o damos por morto.

Venres 9 de outubro

A enfermeira xefe do centro di que se Bert é bo rapaz, daranlle un permiso para o domingo. O domindo vai vir xantar e toma-lo té á nosa casa. Chegou o recibo do teléfono. Agacheino embaixo do colchón. É de 289'19 libras.

Sábado 10 de outubro

De verdade que estou preocupado polo can. Esvaeceuse do noso barrio. Nigel, Pandora e mais eu andamos na súa procura polas calexas.

Meu pai é outra das miñas preocupacións. Queda na cama ata o mediodía, logo ponse a fritir calquera porcallada na tixola, cómea, abre unha lata ou unha botella, despois senta e ponse a ve-lo programa *Pasa a vida*. Non fai por atopar outro traballo. Faille falta un bo baño, un corte de pelo e mais un barbeado. O vindeiro martes é o Día dos Pais no colexio. Leveille o seu mellor traxe á tinturería.

Merquei un libro en W. H. Smith's, só me valeu cinco peniques. Escribiuno un escritor fracasado chamado Drake Fairclough; titúlase *Cordon Bleu para os máis maiores*. Bert vai vir mañá. O pai de Pandora fixo que lles quitaran o teléfono. Descubriu o das chamadas a cobro revertido.

Domingo 11 de outubro

DECIMOSÉTIMO DESPOIS DA TRINDADE
A VISITA DE BERT

Hoxe erguinme cedo e saquei os mobles do recibidor para que a cadeira de rodas de Bert tivera sitio para manobrar. Fíxenlle unha cunca de café a meu pai e leveilla á cama, logo púxenme a cociñar un *coq au vin* estilo xeriátrico. Deixeino a cocer mentres subín outra volta a espertar de novo a meu pai. Cando baixei, decateime de que se estragara o *coq au vin*. Evaporárase todo o vinagre e só quedaba polo torrado. Levei unha boa decepción, hoxe tiña pensado estrearme como cociñeiro. Quería impresionar a Pandora coas miñas moitas habelencias, coido que está a fartarse un pouco das miñas conversas sobre a boa literatura e sobre a industria norueguesa do coiro.

Cando o pai de Pandora foi buscar a Bert ó Fogar, Bert empeñouse en traer un baúl enorme con el. Así que entre iso, a cadeira de rodas e mais Bert estomballado no asento traseiro, non me quedou outra que engruñarme onda o maleteiro. Levounos unha eternidade sacar a Bert do coche e sentalo na cadeira de rodas, case tanto como sacar a meu pai da cama.

O pai de Pandora quedou a tomar unha copiña rápida, despois outra para antes do xantar, despois un licorciño, despois unha para o camiño. Despois tivo que tomar unha para demostrar que el endexamais se embebedaba polo día. Os beizos de Pandora estaban a apertarse (as mulleres débenlles aprender isto ás mozas). Despois ela confiscou as chaves do coche do seu pai e chamou á súa nai para que viñera polo coche. Tiven que aturar ver a meu pai facendo a súa imitación dun fulano chamado Frank Sinatra cantando "Unha pola miña moza e outra para o camiño". O pai de Pandora facía de camareiro co noso molde para flans. Estaban ámbolos dous a cantar con voz de borracho cando entrou a nai de Pandora. Traía os beizos tan apertados que case non se lle vían. Mandou saír da casa e meterse no coche a Pandora e ó pai de Pandora, despois dixo que xa ía sendo hora de que meu pai botara para adiante. Dixo que sabía que meu pai se sentía abaixado, alienado e doído porque estaba sen emprego, pero que lle estaba dando un mal exemplo a un adolescente impresionable. Despois colleu o coche e marchou a 15 km/h. Pandora guindoume un bico a través da fiestra traseira.

¡Opóñome enerxicamente! Nada do que fai meu pai me pode impresionar xa. Xantamos arroz con curri Vesta, no medio do xantar apareceu a señora Singh e púxose a falar hindú con Bert. Semellaba que o noso curri lle facía moita gracia, sinalaba co dedo para el e botaba a rir. Ás veces penso que son a única persoa no mundo á que aínda lle quedan boas maneiras.

Bert contoulle a meu pai que está convencido de que a xefa de enfermeiras está a ver se o envelena (a Bert, non a meu pai), pero meu pai díxolle que toda a comida deses centros é igual. Cando lle chegou a hora de marchar, Bert deu en chorar. Dicía, "non me fagades voltar alí", e outras cousas tristes. Meu pai explicoulle que nós non tiñámo-los coñecementos precisos para coidar del na nosa casa, así que Bert acabou no coche (aínda que foi todo o traxecto turrando do freo na cadeira de rodas). Pediunos que lle gardarámo-lo baúl na nosa casa. Dixo que se abrira cando morrera. Leva a chave atada a unha cordiña arredor do pescozo.

O can segue de desertor.

Luns 12 de outubro

DÍA DA HISPANIDADE NOS E.U.A.
DÍA DE ACCIÓN DE GRACIAS EN CANADÁ

Fomos ó clube xuvenil Fóra da Rúa pola noite. Rick Lemon deunos unha charla sobre técnicas de supervivencia. Dixo que o mellor que se pode facer se che dá a hipotermia é meterse dentro dunha bolsa de plástico cunha muller espida. Pandora protestou formalmente, e a moza de Rick Lemon, Teta, ergueuse e marchou. ¡Vaia sorte a miña, ter que ir á montaña cunha muller fríxida!

R.I.P. Can.

Martes 13 de outubro

LÚA CHEA

¡Miña avoa chamou toda alporizada para preguntar cando iamos ir polo can! O parvo do can leva na súa casa dende o 6 de outubro. Fun por alí de contado e

164

quedei de pedra cando vin o estado do can: estaba vello e canoso. En anos humanos, ten once anos. En anos de can, tería que estar a cobrar pensión. Nunca vira un can envellecer tan axiña. Estes oito días coa avoa deberon ser un inferno para el. Miña avoa é moi estricta.

Mércores 14 outubro

Agora xa case estou afeito ás vellas do asilo. Paso por alí tódalas tardes despois do colexio. Semellan aledarse de me ver. Unha delas estame a facer un pasamontañas de punto para a fin de semana de supervivencia. Chámase Queenie.

Hoxe pola noite fixen trinta e seis flexións.

Xoves 15 de outubro

Fun ó clube xuvenil para ver como me quedaban as merdentas das botas de montaña. Rick Lemon alugounas nunha tenda de montañismo. Para que me queden ben axustadas téñome que poñer tres pares de calcetíns. Imos ir seis. Rick vai de guía.

Non ten título ningún pero ten experiencia no que é supervivencia en condicións difíciles. Naceu e criouse en Kirby New Town. Fun a Sainsbury's para merca-la miña comida de supervivencia. Temos que leva-la nosa comida e mailo equipo na mochila, así que o peso é un factor importante. Merquei:

1 caixa de folerpas de millo
1 litro de leite
caixa de bolsas de té
ruibarbo en lata
2 Kg de patacas

1/4 Kg touciño
1/4 Kg manteiga
2 barras de pan
1/2 Kg queixo
2 paquetes de galletas
1 Kg de azucre
papel hixiénico
lavavaixelas
2 latas de atún
1 lata de carne guisada
1 lata de cenorias

Case non dou levado a comida de supervivencia dende Sainsbury's á miña casa, non sei logo como vou facer para carretala polos outeiros arriba. Meu pai aconselloume deixar algo na casa. Non metín nin o papel hixiénico nin as folerpas de millo.

Venres 16 de outubro

Decidín non leva-lo meu diario a Derbyshire. Non podo garantir que non o vaian ler ollos hostís. Por riba, non cabe ben na mochila.

Téño que rematar, o microbús esta fóra a toca-la bucina.

Sábado 17 de outubro

Domingo 18 de outubro

DECIMOITAVO DESPOIS DA TRINDADE

8 da mañá. ¡É unha marabilla estar de volta na civilización!

¡Estes dous últimos días estiven a vivir coma un vil salvaxe! ¡Durmín sobre o chan esgrevio sen outra cousa que un saco de durmir entre os elementos e mais eu! ¡Cocín patacas nunha cociniña de camping! ¡Atravesei regueiros con moitas penalidades e coas miñas botas torturadoras! ¡Tiven que face-las miñas necesidades corporais no medio do campo! ¡Limpa-lo cu con follas! ¡Non había xeito de darse un baño ou de lava-los dentes! ¡Sen radio nin televisión nin nada! ¡Rick Lemon nin sequera nos deixou sentar no microbús cando deu en chover! ¡Dixo que tiñamos que facer un abrigo co que ofrecía a natureza! Pandora atopou un saco de penso de plástico e fomos sentando embaixo del por quendas.

Como sobrevivín, non sei. Rompéronme os ovos, mollóuseme o pan, esmagáronse as galletas e ninguén tiña un abrelatas. Case morro de fame. A Deus gracias que o queixo non pinga, rompe, colle auga ou vén nunha lata. Aledeime cando nos atoparon e nos levaron ó posto de Rescate en Montaña. Berráronlle a Rick Lemon por non levar mapa nin brúxula. Rick dixo que coñecía as montañas como a palma da man. O xefe dos de Rescate en Montaña dixo que logo debía levar luvas nas mans porque estabamos a dez quilómetros do microbus e seguiamos a camiñar no outro sentido.

Vou durmir nunha cama por primeira vez en dous días. Mañá non vou a clase por culpa das bochas.

Luns 19 de outubro

Teño que deixa-los meus pés en repouso durante dous días. O doutor Grey púxose moi desagradable: dixo que lle tocaba a barbela que o chamaran por unhas poucas bochas nos pés.

Sorprendeume moito a súa actidude. É un feito ben sabido de todos que ós montañeiros gangréanselle--los dedos dos pés.

Martes 20 de outubro

CUARTO MINGUANTE

Aquí estou eu na cama, incapaz de camiñar por culpa dunha dor terrible, e todo o que meu pai fai por desenvolve-las súas responsabilidades paternais é guindarme sandwiches de touciño ¡tres veces ó día!

Se miña nai non volta axiña vou acabar abandonado e inadaptado. Desatendido xa o estou.

Mércores 21 de outubro

Fun ranqueando ata o colexio. Tódolos profesores levaban os seus mellores traxes porque hoxe á noitiña celebrábase o Día dos Pais. Meu pai aseouse ben e puxo o seu mellor traxe. ¡Tiña moi bo aspecto, gracias a Deus! Ninguén diría que está sen emprego. Tódolos meu profesores lle dixeron que era un orgullo terme no colexio.

Ó pai de Barry Kent caéronlle os dentes coa envexa. ¡Ha! ¡Ha! ¡Ha!

Xoves 22 de outubro

Coxeando medio camiño cara ó colexio. Seguiume o can. Volta coxeando á casa. Pechei o can na carboeira. Coxeando todo o camiño ata o colexio. Quince minutos tarde. O señor Scruton dixo que como monitor dos que se retrasan non daba moi bo exemplo chegando tarde. ¡Para el é moi fácil falar! El pode ir ó colexio nun Ford Cortina e despois non ten outra cousa que facer que estar a cargo do colexio. Eu teño problemas a feixes e non teño coche.

Venres 23 de outubro

Chegou unha carta do hospital que di que teño que ir o martes vintesete a que me saquen as anxinas. ¡Quedei abraiado! ¡Meu pai di que levo na lista de espera dende que tiña cinco anos! ¡Logo tiven que aturar unha inflamación anual de anxinas durante nove anos só porque a Seguridade Social anda mal de fondos!

¿Por que as parteiras non lles quitan as anxinas ós nenos cando nacen? Aforraríanse moitos problemas, dor e cartos.

Sábado 24 de outubro

DÍA DAS NACIÓNS UNIDAS

Fun mercar unha bata nova, zapatillas, un pixama e cousas para o aseo. Meu pai púxose a rosmar coma sempre. Dixo que non vía por que eu non podía usa-la roupa vella no hospital. Expliqueille que estaría ridículo coa miña bata de Peter Pan e o meu pixama de Winnie the Pooh. A máis de teren ese deseño tan noxento estanme pequenos e cheos de mendos. El dixo que cando era rapaz durmía cun camisón feito con dous sacos de carbón cosidos. Chamei a miña avoa para comprobar esa afirmación tan sospeitosa e obriguei a meu pai a repetirllo por teléfono. Miña avoa dixo que non eran sacos de carbón senón de fariña, ¡logo agora xa sei que meu pai é un mentireiro patolóxico!

O equipo para o hospital saíu por cincuenta e catro libras dezanove peniques. Iso foi antes da froita, os chocolates e o Lucozade. Pandora dixo que coa miña bata nova de nailon brillante parecía Rodolfo Valentino. Dixen, "gracias, Pandora", aínda que a verdade é que non sei quen é ou quen foi Rodolfo Valentino. Espero que non sexa un asasino de masas ou algo así.

Domingo 25 de outubro

DECIMONOVENO DESPOIS DA TRINDADE. REMATA O HORARIO DE VERÁN

Chamei a miña nai para contarlle o da dura experiencia quirúrxica pola que vou ter que pasar. Non contestou. Moi típico dela. ¡Prefire estar por aí a pasalo ben co verme Lucas que consolar ó seu único fillo!

A avoa chamou e contoume que coñecía a un que coñecía a un que coñecía a un que lle quitaran as anxinas e morrera desangrado na mesa de operacións. Ó cabo dixo: "Non te preocupes, Adrian, estou segura de que che vai ir todo moi ben".

¡Moitísimas gracias, avoa!

Luns 26 de outubro

FESTIVO NA REPÚBLICA DE IRLANDA

11 da mañá. Fixen a equipaxe e logo fun ver a Bert. Está a envellecer axiña, conque pode se-la derradeira vez que nos vexamos. Bert tamén sabe dun que morreu desangrado despois de sacarlle as anxinas. Espero que sexa a mesma persoa.

Despedinme de Pandora; chorou dun xeito moi conmovedor. Tróuxome unha das ferraduras de Caravel para que a levara canda min ó hospital. Contoume que a un amigo do seu pai lle quitaran un quiste e o home non saíra da anestesia. Ingrésanme no hospital na sala Ivy Swallow ás 2 da tarde hora Greenwich.

6 da tarde. Meu pai acaba de deixa-la cabeceira da miña cama despois de agardar catro horas a que lle deran permiso para marchar. Examináronme por tódalas partes do corpo. Quitáronme de diante todo tipo de substancia líquida, pesáronme, bañáronme, medíronme, apalpáronme e pincháronme, ¡Pero ninguén botou un ollo dentro da miña gorxa!

Puxen o diccionario médico da casa na mesiña para que os médicos o vexan e queden impresionados. Non sei como é o resto da sala porque as enfermeiras esqueceron aparta-los biombos. Colgaron un cartel na miña cama que pon "só líquidos". Teño cantidade de medo.

10 da noite. ¡Vou morrer de fame! Unha enfermeira negra levou toda a miña comida e maila bebida. Debería estar a durmir pero isto é unha casa de tolos. Os vellos non fan máis que caer das camas.

Media noite. Puxeron un cartel novo na miña cama que di "nada pola boca". ¡Vou morrer de sede! Daría un ollo da cara por unha lata de algo baixo en calorías.

Martes 27 de outubro

4 da mañá. ¡Estou deshidratado!

6 da mañá. ¡Acábanme de espertar! A operación non vai ser ata as 10 da mañá. ¿E logo por que non me deixan durmir? Téñome que dar outro baño. Explicoqueilles que é por dentro do corpo onde van operar, pero non me fan caso.

7 da mañá. Unha enfermeira china quedou no baño para asegurarse de que eu non bebía auga ningunha. Estivo a espreitar todo o tempo, así que tiven que poñer a esponxa do hospital diante da miña cousa.

7:30 da mañá. Vestíronme coma un tolo, listo xa para a operación. Puxéronme unha inxección, suponse que che fai durmir, pero estou esperto coma unha rosa escoitando unha rifa sobre unhas notas dun paciente que se perderon.

8 da mañá. Teño a boca completamente seca, vou tolear coa sede, non bebín nada dende onte ás dez menos cuarto da noite. Síntome como se flotara, as gretas do teito son moi interesantes. Teño que atopar algún sitio onde agacha-lo meu diario. Non quero que ningún lerchán meta o fociño nel.

8:30 da mañá. ¡Miña nai está ó carón da miña cama! Vai garda-lo meu diario no seu bolso novo. Prometeume (pola vida do can) que non ía ler nel.

8:45 da mañá. Miña nai foi botar un cigarro á planta baixa. Está vella e estragada. Vaille afectando a vida depravada que leva.

9 da mañá. As angarelas non paran de chegar á sala para descargar homes inconscientes derriba das camas. Os que turran das angarelas levan monos verdes e botas de goma. ¡O chan do quirófano debe estar anegado en sangue!

9:15 da mañá. ¡As angarelas veñen cara a min!

Media noite. Estou sen anxinas. Teño unha dor tola. A miña nai levoulle trece minutos atopa-lo meu diario. Aínda non lle colleu o xeito ó seu bolso novo. Ten dezasete petos.

Mércores 28 de outubro

Non son quen de falar. Mesmo laiarse é un tormento.

Xoves 29 de outubro

Trasladáronme a outra sala. Os outros enfermos non poden atura-lo meu sufrimento.

Recibín unha tarxeta das de "Que te mellores" de Bert e Sabre.

Venres 30 de outubro

Fun quen de chuchar un pouco de caldo da avoa. Tróuxoo no seu termo. Meu pai trouxo unha bolsa de patacas fritidas tamaño familiar, ¡tamén puido ter traído unhas coiteliñas de barbear para picar nelas!

Pandora veu na hora de visitas, pouca cousa dei rosmado. Cansa falar cando un está cun pé aquí e o outro alá.

Sábado 31 de outubro

HALLOWEEN. VÉSPERA DE TÓDOLOS SANTOS

3 da mañá. Vinme na obriga de me queixar do balbordo que viña das dependencias das enfermeiras. Estou farto de oír (e ver) enfermeiras bébedas e policías fóra de servicio a besbellar polos xardíns vestidos de bruxas e magos. A enfermeira Boldry estaba a facer algo especialmente desagradable cun cabazo.

Vou coller un seguro médico privado en canto poida.

Domingo 1 de novembro

VIXÉSIMO DESPOIS DA TRINDADE

As enfermeiras estiveron moi distantes comigo. ¡Din que estou a ocupar unha cama que podería utilizar un enfermo! Teño que comer unha cunca de folerpas de millo para que me deixen marchar. Polo de agora negueime, non podo atura-la dor.

Luns 2 de novembro

A enfermeira Boldry botoume á forza unha cullerada de folerpas de millo pola miña pobre gorxa abaixo, e despois, sen me dar tempo a face-la dixestión, púxose a desface-la miña cama. Ofreceuse a pagarme un taxi, pero díxenlle que agardaría a que viñera meu pai para que me levara en brazos ata o coche.

Martes 3 de novembro

ELECCIÓNS NOS E.U.A.

Estou na miña cama. Pandora ten a firmeza dun penedo. Ela e mais eu comunicámonos sen palabras. Teño a voz estragada pola operación.

Mércores 4 de novembro

Hoxe grallei as miñas primeiras palabras nunha semana. Dixen, "Papá, chama a mamá e dille que xa pasou o peor". A meu pai foille tan mal co alivio e a emoción que deu en rir como un descosido.

174

Xoves 5 de novembro

CUARTO CRECENTE

O doutor Gray di que a miña voz defectuosa son "galos de adolescente". ¡Sempre está de malas!

¡Quería que eu fora ós tombos ata a súa consulta e que agardara nunha sala de espera chea de xermes! Dixo que eu tiña que andar por aí a facer cacharelas cos outros rapaces da miña idade. Díxenlle que eu xa ía vello de máis para eses rituais paganos. El dixo que tiña corenta e sete e que aínda disfrutaba cunha boa cacharela.

¡Corenta e sete! Iso explica moitas cousas, deberíano xubilar.

Venres 6 de novembro

Meu pai vaime levar mañá a unha cacharela (contando con que me poida erguer daquela). Fana para recadar fondos cos que pagar ós Conselleiros Matrimoniais.

A nai de Pandora vai face-la comida e o pai de Pandora encargarase dos fogos artificiais. Meu pai vaise encargar de prende-la cacharela, así que me vou poñer alomenos a cen metros de distancia. Teño visto como chamuscaba as cellas unha chea de veces.

A outra noite algúns irresponsables fixeron cacharelas nos seus propios xardíns.

¡Si!

Malia seren ben avisados do perigoso que era pola radio, a televisión, *Barrio Sésamo* e tódolos medios de comunicación, eles seguiron co seu dun xeito egoísta. Non houbo ningunha desgracia, pero seguro que só porque cadrou.

Sábado 7 de novembro

A cacharela dos Conselleiros Matrimoniais era enorme. Foi un bo traballo da veciñanza. O señor Cherry doou centos de exemplares dunha revista chamada *Now*! Dixo que se foran amoreando sen xeito ningún na trastenda durante máis dun ano.

Pandora queimou a súa colección de contos *Jackie*, dixo que "non aguantarían unha análise feminista" e que non lle gustaría "que caeran nas mans das rapazas novas".

O señor Singh e mais tódolos pequenos Singh trouxeron tracas indias. Arman moito máis boureo cás inglesas. Alégrome de que o noso can estea pechado na carboeira con algodóns nas orellas.

Ninguén se queimou gran cousa, pero penso que foi un erro tira-los foguetes mentres se estaba a servi-la comida.

Queimei a carta que chegou esta mañá co aviso de que o teléfono estaba sen pagar.

Domingo 8 de novembro

VIXESIMOPRIMEIRO DESPOIS DA TRINDADE.
DOMINGO DOS CAÍDOS

A nosa rúa está chea dun fume acedo. Fun ve-la cacharela, as revistas *Now*! están aínda derriba das brasas, non queren queimar como Deus manda. (O aviso da telefónica desapareceu, gracias a Deus.)

O señor Cherry vai facer un bo furado e vaille botar cal viva ás revistas *Now*! antes de que afoguen a todo o barrio.

Fun ver a Bert. Saíra con Queenie.

176

Luns 9 de novembro

De volta ó colexio. O can vai no veterinario para que lle saquen o algodón quirúrxicamente.

Martes 10 de novembro

¡Incháronme os bicos do peito! ¡¡¡Estoume a converter nunha rapaza!!!

Mércores 11 de novembro

DÍA DOS VETERANOS DE GUERRA NOS E.U.A. DÍA DOS CAÍDOS NA GUERRA EN CANADÁ. LÚA CHEA

¡O doutor Gray borroume da súa lista de pacentes! Di que o inchazo dos bicos do peito é normal nos rapaces. Polo xeral ocorre ós doce anos e medio. ¡O doutor Gray dixo que eu era emocional e fisicamente inmaduro! ¿Como vou ser inmaduro? ¡Se acabo de recibir unha carta de rexeitamento da BBC! ¿E como fixen logo para camiñar ata a súa consulta con este inchazo nos bicos do peito?

Non sei por qué lle chama consulta quirúrxica; nunca fai cirurxía ningunha nela.

Xoves 12 de novembro

Expliqueille ó señor Jones que non podía facer Ximnasia por inchazo nos bicos do peito. A súa actitude foi a dun auténtico brután. Non sei que lles aprenden na facultade.

Venres 13 de novembro

Esta noite Pandora e mais eu estivemos a falar con sinceridade da nosa relación. ¡Non pensa casar comigo dentro de dous anos! ¡En vez diso quere estudiar unha carreira! Como é lóxico, síntome desfeito por este golpe. Expliqueille que non me importaba que, despois do noso casamento, tivera un traballiño nunha confitería ou algo así, pero ela dixo que tiña a intención de ir á universidade e que a única vez que entrase nunha confitería sería para mercar un pastel enorme.

Dixémonos cousas bastante fortes (as máis fortes díxoas ela).

Domingo 14 de novembro

Como a nosa rúa non ten saída, as revistas *Now*! medio queimadas andan a voar por todas partes. Semellan ter poderes especiais para a supervivencia. O Concello mandou un grupo de limpeza para ver se as dá atrapado todas.

O can xa non ten algodón nas orellas. Só está a facer que non oe.

Fun ver a B. B. pero saíra con Queenie. Ela apúxalle a cadeira pola zona de lecer que teñen.

Domingo 15 de novembro

VIXESIMOSEGUNDO DESPOIS DA TRINDADE

Lin *Unha vila como Alicia*, de Nevil Shute; é cantidade de guai. Gustaríame ter un amigo intelectual co

178

que falar da boa literatura. Meu pai pensa que *Unha vila como Alicia* foi escrito por Lewis Carroll.

Luns 16 de novembro

Volvín do colexio con dor de cabeza. ¡Deprímeme todo aquel ruído e os berros e as ameazas! ¡Os profesores deberían ter mellores modais!

Martes 17 de novembro

Meu pai tenme moi preocupado. Nin as novas continuas da maternidade da Princesa Diana consiguen animalo.

A avoa xa fixo tres pares de patucos e mandounos ó Palacio de Buckingham. É toda unha patriota.

Mércores 18 de novembro

CUARTO MINGUANTE

As árbores están espidas.
As súas roupas outonais
emporcan as beirarrúas.
Os varredores poñenlles lume
e xurden piras municipais.
Eu, Adrian Mole,
patexo nelas
e queimo os meus Adidas.

Copieina con moito coidadiño e mandeilla a John Tydeman, na BBC. Dáme no nariz que é un home ó que lle gustan os poemas sobre follas de outono.

Teño que facer que saquen algo meu nalgún programa ou que mo publiquen axiña, senón Pandora vaime perder todo o respecto.

Xoves 19 de novembro

Pandora suxeriume que sacara unha revista literaria usando a fotocopiadora do colexio. Escribín o primeiro número durante o xantar. Chámase *A voz da mocidade*.

Venres 20 de novembro

Pandora botoulle un ollo a *A voz da mocidade*. Suxeriume que en vez de escribir toda a revista eu só, pedira a colaboración doutros contistas de talento.

Dixo que ela ía escribir un artigo sobre xardinería de balcón. Claire Neilson presentou un poema punki, é moi de vangarda, pero eu non teño medo de abrir novos camiños.

Poema punki

A sociedade é cuspe,
Vómito porcallento,
Na bandeira inglesa
Sid foi un vicioso
Johnnie apodreceu,
Mortos, mortos, mortos.
Mortos por mediocres.
Inglaterra cheira.

Sumidoiro do mundo.
Pozo negro de Europa.
Hail, punkis,
Reis e raíñas
da rúa.

Quere que vaia con pseudónimo, o seu pai é concellal do Partido Conservador.

Nigel escribiu un artigo pequeno sobre mantemento de bicis de carreiras. É moi aburrido pero non llo podo dicir porque é o meu mellor amigo.

O mércores levarémolo imprimir.

Pandora vaino pasar a máquina na fin de semana.

Esta é a miña primeira editorial:

Ola, rapaces:

Ben, aquí tedes a vosa propia revista escolar. ¡Si! Escrita e producida integramente co esforzo de rapaces. Tentei abrir novos camiños nesta primeira entrega nosa. Moitos de vós non oirades falar dos milagres da xardinería de balcón ou do pracentero que é o mantemento das bicis de carreiras. Se é así, agarrádevos ben, ¡espéravos unha sorpresa máxica!

ADRIAN MOLE, EDITOR

Imos cobra-lo exemplar a vintecinco peniques.

Sábado 21 de novembro

O pai de Pandora roubou da súa oficina unha caixa de patróns para rotular. Mentres escribo, Pandora está a pasa-las primeiras páxinas de *A voz da mocidade*. Eu estou na metade dun artigo revelación sobre Barry Kent. Titúlase "Barry Kent: ¡A verdade!". Non se atreve a tocarme nin un pelo dende o de miña avoa, así que sei que vou estar a salvo.

Ocupado de máis para ir onda Bert, irei mañá.

Domingo 22 de novembro

DERRADEIRO DESPOIS DA TRINDADE

Rematei co artigo sobre Barry Kent. Van trema-los cementos do colexio. Contei o das perversións sexuais de Barry Kent. Todo sobre o seu costume de ensina-la súa cousa a cinco peniques a ollada.

Luns 23 de novembro

Recibín unha postal de Nadal da avoa e mais unha carta de correos que dicía ¡que nos ían corta-lo teléfono!

Esquecín ir onda Bert. Pandora e mais eu estivemos moi ocupados dándolle os últimos toques á revista. Como me gustaría darlle uns toques a Pandora.

2 da mañá. ¿Que vou facer co do recibo do teléfono?

Martes 24 de novembro

Nigel acaba de marchar enfadado. Comezou a poñer chatas ó que eu escribira no editorial sobre o seu artigo. Tentei facerlle ver que mil cincocentas palabras sobre radios de bicicleta era un puro antollo del, pero non quixo escoitar. Quitou o seu artigo. ¡Gracias a Deus! Dúas páxinas menos para dobrar.

A voz da mocidade irrompe mañá nas aulas.

Mañá teño que ir ver a Bert.

Mércores 25 de novembro

¡Acábannos de dar cun pao nos dentes! A señora Claricoates, a secretaria do colexio, negouse a encargarse de *A voz da mocidade*. Dixo que no seu contrato de traballo non se falaba para nada de que tivese que mesturarse con revistas do colexio.

O equipo editorial ofreceuse para facer el mesmo as fotocopias, pero a señora Claricoates dixo que só ela sabía como traballa "a condenada da máquina". Estou desesperado. ¡Seis horas completas de traballo para nada!

Xoves 26 de novembro

DÍA DE ACCIÓN DE GRACIAS EN E.U.A.
LÚA NOVA

O pai de Pandora vai fotocopiar *A voz da mocidade* no traballo. El non quería facelo pero Pandora pechouse no cuarto e negouse a comer ata que el aceptase.

Venres 27 de novembro

Hoxe había na entrada do comedor cincocentos exemplares de *A voz da mocidade* á venda.

Ó remate da tarde había cincocentos exemplares gardados nos armarios dos vestiarios. ¡Non se vendeu nin un só exemplar! ¡Nin un! ¡Estes compañeiros meus non son máis ca uns filisteos e uns bestiolas!

O luns baixarémo-lo prezo a vinte peniques.

Chamou miña nai, quería falar con meu pai. Conteille que fora pasar unha fin de semana de pesca coa Sociedade de Vendedores de Radiadores Eléctricos en Paro.

Chegou unha nota da oficina de correos que di que cortarán o teléfono a non ser que meu pai chame á oficina de correos antes das cinco e media.

Sábado 28 de novembro

¡Un telegrama! ¡Ó meu nome! ¿Da BBC? Non, de miña nai:

"Adrian. Parto fogar". ¿Que quere dicir con "parto fogar"? ¿Como vai parti-lo fogar? Hai tempo que isto xa é un fogar partido.

¡Cortaron o teléfono! Estou pensando en fuxir da casa.

Domingo 29 de novembro

DOMINGO DE ADVENTO

¡Miña nai chegou sen aviso! Trouxo tódalas maletas con ela. Acabou por botarse á rúa para pedi-la clemencia de meu pai. Meu pai acaba de botarse ó corpo de miña nai. Eu retireime con moita discreción ó meu cuarto, que é onde estou agora, tentando descubrir como me sinto coa volta de miña nai. En xeral, estou na gloria, pero teño medo de cando se poña a mirar o porca que está toda a casa. Vaise poñer coma unha fera corrupia cando se decate de que lle deixei a Pandora o seu abrigo de raposo.

Luns 30 de novembro

SAN ANDRÉS

Miña nai e meu pai seguían na cama cando marchei ó colexio.

Vendín un exemplar de *A voz da mocidade* –a Barry Kent. Quería sabe-la verdade sobre el mesmo. Le moi a modiño, así que o máis seguro é que ata o venres non a dea descuberto. Tentaremos baixa-lo prezo a quince peniques para estimula-la demanda. ¡Agora quédannos catrocentos noventa e nove exemplares por vender!

Miña nai e meu pai están outra vez na cama ¡e só son as 9 da noite!

O can está moi contento coa volta de miña nai. Pasou todo o día a sorrir dun lado para o outro.

Martes 1 de decembro

Chamei a correos e fíxenme pasar por meu pai. Puxen unha voz moi grave e contei unha chea de andrómenas. Dixen que eu, George Mole, pasara tres meses nun manicomio e que precisaba do teléfono para chamar ós Bos Samaritanos, etc. A voz da muller metía medo, dixo que estaba farta de oír escusas baratas de morosos irresponsables. Dixo que engancharían o teléfono cando pagaramos 289'19 libras, ¡máis 40 libras do reenganche, máis unha fianza de 40 libras!

¡Trescentas sesenta e nove libras! Cando os meus pais saian da cama e descubran que non hai liña, vou dado.

Mércores 2 de decembro

¡Meu pai tentou hoxe chamar por teléfono para un traballo! Meu pai púxose coma unha besta brava.

Miña nai limpou o meu cuarto, levantou o colchón e atopou as *Grandes e Bambeantes* e mailo recibo do teléfono.

Sentei nun tallo na cociña mentres me interrogaban e me berraban de mala maneira. Meu pai queríame dar unha de paos que me deixaran "cun pé na cova", pero miña nai non lle deixou. Ela dixo: "o mellor castigo para este rañoso vai ser que solte parte dos seus aforros da constructora". Así que non me queda outra que facelo.

Agora nunca chegarei a ser propietario de nada.

Xoves 3 de decembro

Saquei duascentas libras da miña conta da constructora. Non me importa dicir que tiña bágoas nos ollos. Vaime levar outros catorce anos xuntar de novo eses cartos.

Venres 4 de decembro

CUARTO CRECENTE

Teño unha depresión tremenda. Toda a culpa é do pai de Pandora. Debería ter pasado as vacacións en Inglaterra.

Sábado 5 de decembro

Recibín unha carta da avoa na que me pregunta por que non lle mandei aínda ningunha postal de Nadal.

Domingo 6 de decembro

SEGUNDO DO ADVENTO

Aínda me tratan coma un delincuente. Miña nai e meu pai non me falan e non me deixan saír. Para iso metíame a delincuente.

Luns 7 de decembro

Roubei un chaveiro de Kevin Keegan na tenda do señor Cherry. Vai se-lo regalo de Nadal de Nigel.

Martes 8 de decembro

Estou cantidade de preocupado polo do chaveiro; hoxe tivemos clase de Ética e Moral.

Mércores 9 de decembro

Non podo durmir de preocupado que estou polo do chaveiro. Os xornais están cheos de historias de mulleres detidas por roubar nas tendas. Tentei pagarlle de máis ó señor Cherry pola miña barra de Mars, pero ó marchar, chamoume e deume a volta.

Xoves 10 de decembro

Soñei que un carcereiro me pechaba nunha cela. Levaba a enorme chave de ferro no chaveiro de Kevin Keegan.

¡Xa conectaron o raio do teléfono!

Venres 11 de decembro

Chamei ós Samaritanos e confesei o meu delicto. O home dixo: "Pois logo vólveo, neno". Fareino mañá.

Sábado 12 de decembro

O señor Cherry cachoume cando volvía o chaveiro ó seu sitio. Escribiulles unha carta a meus pais. Vai ser mellor que acabe coa miña vida.

Domingo 13 de decembro

TERCEIRO DO ADVENTO

Gracias a Deus non hai correo os domingos.

Miña nai e mais meu pai estiveron moi festeiros mentres decoraban a árbore de Nadal. Púxoseme un nó na gorxa mentres miraba como colgaban as boliñas.

Estou a ler *Crime e castigo*, é o libro máis verdadeiro que lin endexamais.

Luns 14 de decembro

Erguinme ás 5 da mañá para interceptar ó carteiro. Levei o can a pasear baixo o barruzo. (Quería durmir, pero non lle deixei.) O can laiábase e protestaba mentres dabámo-la volta ó bloque, así que ó final deixeino voltar á súa caixiña de cartón. Gustaríame ser un can; non teñen ética nin moral ningunha.

O carteiro repartiu o correo ás sete e media, mentres eu estaba sentado no baño. ¡Teño unha sorte negra!

Meu pai colleu as cartas e púxoas onda o reloxo de parede. Boteilles unha ollada rápida mentres el tusía co primeiro cigarro da mañá. ¡Efectivamente, unha das que ía dirixida ós meus pais tiña a letra chafalleira do señor Cherry!

Miña nai e meu pai sobáronse durante uns minutos e logo puxéronse a abri-las cartas mentres deixaban amolece-lo arroz torrado nas cuncas. Había sete estúpidas postais de Nadal que penduraron dunha corda derriba da cheminea. Os meus ollos estaban cravados na carta do señor Cherry. Abriuna miña nai, leu nela e dixo, "George, ese vello paspán de Cherry mandou a condenada factura dos xornais". Logo comeron o arroz torrado e non houbo máis. Desaproveitei unha chea de adrenalina con tanta preocupación. Vou quedar sen ela se non poño máis coidado.

Martes 15 de decembro

Miña nai contoume por qué deixara ó verme Lucas e voltara con meu pai. Dixo: "Bimbo tratábame coma un obxecto sexual, Adrian, quería que lle tivera feita a cea e cortaba as uñas dos pés na sala, e por riba téñolle moito cariño a teu pai". De min non dixo palabra.

Mércores 16 de decembro

Estou nunha obra de teatro experimental do colexio que vai sobre o Nadal. Titúlase *Do berce ó estrelato*. Eu fago de san Xosé. Pandora fai de María. O papel de Xesús faino o rapaz máis cativo de primeiro. Chámase Peter Brown. Estanlle a dar menciñas para que medre.

Xoves 17 de decembro

¡Outra carta da BBC!

Querido Adrian Mole:
Gracias por me envia-lo teu último poema. Non tiven problema ningún para entendelo cando mo pasaron a máquina. De tódolos xeitos, entende-lo non o é todo, Adrian. O noso Departamento de Poesía está ateigado de poemas outonais. O cheiro das cacharelas e o estralo das follas enchoupa os nosos corredores. Estivo ben, pero inténtao outra vez, ¿vale?
Atentamente, cos meus mellores desexos,
John Tydeman

¡"Inténtao outra vez"! É case como se me fixese unha encarga. Contesteille:

Querido Sr. Tydeman:
¿Canto me van pagar se emiten pola radio un dos meus poemas? ¿Cando quere que llo mande? ¿De que tema quere que trate? ¿Podo lelo eu mesmo? ¿Poderíame adianta-los cartos do tren? ¿A que hora se emitiría? Teño que estar na cama ás dez.

Atentamente,

A. Mole

P. D. Espero que pase un Nadal cantidade de bo.

Venres 18 de decembro

CUARTO MINGUANTE

O ensaio de hoxe de *Do berce ó estrelato* foi un fracaso. Peter Brown estaba medrado de máis para o berce, así que o señor Animba, o profesor de Carpintería, vai ter que facer outro.

O señor Scruton sentou no fondo do ximnasio e mirou os ensaios. Cando chegamos ó anaco onde se lles chama porcos capitalistas ós Reis Magos, a súa cara semellaba a cara norte do Everest.

Colleu por banda á señorita Elf e levouna ás duchas para "dicirlle unhas palabriñas". Todos escoitamos cada unha das cousas que lle berrou. Dixo que quería ver unha representación tradicional do Nadal, cunha boneca chorona facendo de Xesús e cuns Reis Magos vestidos con batas e panos de cociña. Ameazouna con suspende-la representación se María, alias Pandora, seguía a finxi-las dores do parto no presebe. É moi típico de Scruton, non é máis ca un porco fascista, badoco mental e reprimido sexual. Non sei como se amañou para chegar a director. Hai tres anos que leva o mesmo traxe verde de veludo. ¿Como imos facer para cambialo todo agora? A obra estréase o martes pola tarde.

¡Miña nai recibiu unha postal de Nadal do verme Lucas! Dentro traía escrito, "Pauline, ¿tes ti o recibo da tinturería do meu mellor traxe branco? En Sketchley's póñenme moitos atrancos". A miña nai sentoulle moi

191

mal. Meu pai chamou a Sheffield e díxolle a Lucas que nin se lle ocorrera poñerse en contacto con ela se non quería acabar cun anaco de aceiro de Sheffield chantado no medio do seu lombo de porco. Meu pai tiña unha pinta moi guai ó teléfono. Levaba o cigarro entre os beizos. Miña nai apoiábase no canto da neveira. Levaba un cigarro na man. Dábanse un aire coa foto de Humphrey Bogart e Lauren Bacall que teño na parede do cuarto. Gustaríame se-lo fillo dun gángster *de verdade*, alomenos vería un pouco de mundo.

Sábado 19 de decembro

Non teño cartos para os regalos do Nadal. Aínda así, fixen a lista de regalos por se atopo dez libras na rúa.

Pandora. Botella grande de Chanel nº 5 (1'50 libras).

Nai. Reloxo de area para cocer ovos (75 peniques).

Pai. Marcalibros (38 peniques).

Avoa. Paquete de panos de cociña (45 peniques).

Can. Chocolate para cans (45 peniques).

Bert. Paquete de tabaco Woodbines (95 peniques).

Tía Susan. Tarro de Nivea (60 peniques).

Sabre. Caixa de galletas Bob Martins, pequena (39 peniques).

Nigel. Caixa familiar de chocolates Malteser (34 peniques).

Señorita Elf. Luva para forno (feito na casa).

Domingo 20 de decembro

Pandora e mais eu fixemos un ensaio privado de María e Xosé no meu cuarto. Improvisamos unha escena abraiante na que María volta de Planificación Familiar e lle conta a Xosé que está preñada. Eu fixen un Xosé estilo Marlon Brando en *Un tranvía chamado desexo*. Pandora fixo de María un pouco como Blanche Dubois; estivo cantidade de ben ata que meu pai se queixou dos berros. O can debería ter feito de gando pero non quedaba quieto o tempo preciso para compor un cadro de Nadal.

Despois do té, miña nai mencionou de pasada que tiña pensado leva-lo seu abrigo de raposo mañá ó concerto da escola. ¡Ahhh! ¡Horror! Fun de contado á casa de Pandora a polo carallo do abrigo, pero atopeime con que a nai de Pandora llo collera emprestado ¡para ir á cea-baile de Nadal dos Conselleiros Matrimoniais! Pandora dixo que non sabía que o abrigo era só emprestado; ¡ela pensara que era un regalo de amante! ¿De onde ía saca-los cartos un estudante de 14 anos e 3/4 para regalarlle un abrigo de raposo? ¿Quen pensa Pandora que son eu, o millonario Rockefeller?

A nai de Pandora non voltará ata as tantas da mañá, conque vou ter que pasar por alí antes das clases e mete-lo abrigo ás agachadas dentro da funda de plástico. Vai ser difícil, pero xa non hai nada na miña vida que sexa doado ou simple. A metade do tempo síntome coma un personaxe de novela rusa.

Luns 21 de decembro

¡Espertei e deume un ataque de pánico cando vin que eran as nove cincuenta polo meu espertador dixital! As paredes negras do cuarto víanse máis luminosas e brillantes que de costume; unha ollada cara fóra confirmou as miñas sospeitas; en efecto, a neve cubríao todo como unha alfombra branca.

Camiñei ós tombos pola neve coas botas de pescar de meu pai en dirección á casa de Pandora, pero atopeime con que a casa estaba desprovista de seres humanos. Mirei polo burato do buzón e vin o gato marelo de Pandora argallando no abrigo de raposo de miña nai. Berreille uns xuramentos, pero o demo do gato mirou para min dun xeito sarcástico e logo botou a correr polo recibidor turrando do abrigo. Non me quedou outra que forzar co lombo a porta do cuarto de lava-la roupa e correr para o recibidor a rescata-lo abrigo de miña nai. Marchei de contado (tan de contado como un pode marchar cunhas botas altas de pescar catro números máis grandes). Púxenme o abrigo de pel por riba para me manter quentiño no perigoso camiño de volta. Case me perdo no cruce da Avenida do Labrego co Paseo Caxato do Pastor, pero atopei o camiño no medio da xistra ata que me chegou a visión familiar dos garaxes prefabricados na esquina da nosa rúa sen saída.

Caín redondo na cociña en estado de hipotermia e esgotamento total; miña nai fumaba un cigarro e facía pasteis de carne. Berrou, "¿Que carallo estás a facer co meu abrigo de raposo?". Nin foi amable, nin se preocupou, nin fixo nada do que se supón que fan as nais. Comezou a bulir dun lado a outro quitándolle a neve ó abrigo e secando nel coa secadora do pelo. Nin sequera se ofreceu a prepararme algo quente nin nada. Dixo, "Acaban de dicir pola radio que a escola está pechada pola neve, así que por qué non fas algo útil e miras a ver se as camas encartables están enferruxadas. Os Sudgen van vir para o Nadal". ¡Os Sudgen! ¡Os parentes de Norfolk de miña nai! ¡Fou! ¡Casan entre eles e non saben falar con xeito!

Chamei a Pandora para explicarlle o do abrigo de raposo e o do estrago da porta, etc., pero marchara esquiar á costa que hai trala Cooperativa Panadeira. O pai de Pandora pediume que colgara, tiña que chamar urxentemente á policía. ¡Dixo que acababa de chegar e descubrira que forzaran unha porta! Dixo que todo estaba feito un Cristo (debeu ser cousa do gato, eu fun moi coidadoso), pero por sorte o único que faltaba era un abrigo vello de raposo que Pandora usaba para forra-la cestiña do gato.

¡Síntocho ben, Pandora, pero esta é a sardiña que rebenta ó burro! Xa podes ir buscando outro Xosé, négome a comparti-lo escenario cunha rapaza que antepón a comodidade do seu gato ó dilema do seu mozo.

Martes 22 de decembro

Está mañá pecharon o colexio porque os profesores non se amañaban para chegar a tempo por culpa da neve. ¡Así aprenderán a non vivir no campo en muíños de vento ou en casas de muiñeiros! A señorita Elf vive cun caribeño nunha casiña adosada dos arrabaldes, así que lle botou peito e presentouse para prepara-lo concerto do colexio para a tarde. Decidín perdoar a Pandora polo do abrigo de raposo na cestiña do gato, despois de que me explicara que o gato estaba para ser nai.

O concerto da escola non foi un éxito. O timbre da clase de primeiro G estivo a soar un bo anaco. Meu pai dixo, "¡A merenda! ¡A hora da merenda!, e miña nai botou a rir tan alto que o señor Scruton mirou para ela.

¡A orquestra da escola era un desastre! Miña nai dixo: "¿Cando van deixar de afina-los instrumentos e poñerse a tocar?" Díxenlle que xustamente acababan de interpretar un concerto para trompa de Mozart. Esto fixo que miña nai e mais meu pai e a nai e mailo

195

pai de Pandora botaran a rir dun xeito moi descortés. Cando Alice Bernard, que está en terceiro C e pesa setenta quilos, saíu ó escenario en tutú para interpreta-la morte do cisne, pensei que miña nai rebentaba coa risa. A nai de Alice Bernard comezou a aplaudir, pero non a acompañou moita xente.

A clase dos parvos ergueuse e cantou unhas panxoliñas moi aburridas. Barry Kent cantábaas na versión groseira (seino porque lle estaba a mirar para os beizos), despois sentaron coas pernas cruzadas e o resabido do Henderson, de quinto K, tocou a trompeta, a arpa, o piano e maila guitarra. O fachendoso del dábase moitos aires cando saudaba inclinando a cabeza mentres lle aplaudían. Despois chegou o descanso e a min tocoume ir poñe-la camiseta e os vaqueiros de san Xosé. Nos camerinos había un nerviosismo eléctrico. Eu púxenme entre bastidores (un termo teatral –veñen sendo os lados do escenario–) e mirei como o público ía voltando ós seus asentos. Despois comezou a abouxa-la música de *Encontros na terceira fase* polos bafles estéreo, o telón abriuse e deixou ver un presebe abstracto. Eu tiven o tempo xusto de rosmarlle a Pandora "Moita merda, meu sol", antes de que a señorita Elf nos botara baixo os focos. ¡A miña interpretación foi xenial! De verdade que me metín no pelexo de san Xosé, pero Pandora non estivo tan ben, esqueceu mirar agarimosamente a Xesús/Peter Brown.

Os tres punkis/reis magos armaron boureo de máis coas cadeas e estragáronme o discurso sobre a situación en Oriente Medio, e os anxos que facían de Margaret Thatcher foron asubiados polo público dun xeito tan estrondoso que se botou a perde-lo seu coro falado sobre o desemprego.

Aínda así, en liñas xerais, foi moi ben acollida polo público. O señor Scruton ergueuse e deu un discurso hipócrita sobre "un ousado experimento" e "o infatigable traballo entre bastidores da señorita Elf", e logo puxémonos todos a cantar "Noite de paz".

De camiño a casa no coche, meu pai dixo: "Foi a representación de Nadal máis divertida que vira nunca. ¿De quen foi a idea de trocala en comedia?" Non contestei. Non era unha comedia.

Mércores 23 de decembro

9 da mañá. Só restan dous días de compras para o Nadal e aínda estou sen un peso. Fixen unha luva para fornos *"Barrio Sésamo"* para a señorita Elf, pero se quero darllo o día de Nadal vou ter que meterme no gueto e arriscame a que me maten.

Terei que ir cantar panxoliñas, non vexo outro xeito de mellora-las miñas finanzas.

10 da noite. Acabo de chegar de cantar panxoliñas. As casas das aforas foron unha perda de tempo. A xente berraba, "volvede polo Nadal" sen sequera abri-la porta. O público máis agradecido foron os borrachóns que entraban e saían do Touro Negro. Algúns deles choraron abertamente coa beleza da miña interpretación solista de "Noite de paz". Debo engadir que daba unha imaxe conmovedora alí de pé na neve, coa miña cariña de rapaz erguida para o ceo, sen facer caso das escenas de esmorga etílica ó meu redor.

Fixen 3 libras e 13 peniques e medio, máis unha moeda irlandesa de dez peniques e unha chapa de botella de Guinness. Mañá volverei saír. Levarei o uniforme do colexio, ben valerá uns cartiños máis.

Xoves 24 de decembro

Leveille a Bert os Woodbines ó Fogar. Bert está
doído porque non fun velo. Dixo que non quería pasa-
-lo Nadal cun fato de vellas raposeiras. El e mais Qee-
nie están dando que falar. Están comprometidos extra-
oficialmente. Teñen un cinceiro cos nomes dos dous.
Invitei a Bert e mais a Queenie para o día de Nadal.
Miña nai aínda non o sabe, pero estou seguro de que
non lle ha importar, temos un pavo ben grande. Can-
tei unhas panxoliñas para as vellas. Déronme dúas
libras once peniques, conque fun mercar Chanel nº 5
a Woolwoth's. Non lles quedaba, así que no seu lugar
merqueille un desodorante.

A casa está cantidade de limpa e resplandecente,
hai un arrecendo máximo a guiso e mandarinas no ar.
Andei na procura dos meus regalos, pero non están
nos lugares de sempre. Quero unha bici de carreiras,
non me gustaría ningunha outra cousa. Xa vai sendo
hora de que teña independencia automobilística.

11 da noite. Acabo de chegar do Touro Negro.
Pandora veu canda min, levabamos postos os unifor-
mes do colexio, co que os borrachóns crían ver en nós
ós seus propios fillos. ¡A mala conciencia fíxolles botar
doce libras cincuenta e sete! Así que iremos ver unha
pantomima para pasado mañá ¡e mercaremos cadansúa
barra familiar de chocolate Cadbury's Dairy Milk!

Venres 25 de decembro

DÍA DE NADAL

Erguinme ás 5 da mañá para dar unha volta na
miña bici de carreiras. Meu pai pagouna coa American

Express. Non puiden ir moi lonxe por cousa da neve, pero tanto ten. Tamén me gusta mirar para ela. Meu pai atou unha nota no guiador: "Esta vez non a deixes fóra coa choiva". ¡Como se eu fora facer iso!

Meus pais tiñan unha boa resaca, así que lles levei o almorzo á cama e déille-los meus agasallos. Gústame ve--la cara que pon a xente. Miña nai estaba encantadísima co seu reloxo de area para cocer ovos e meu pai quedou tamén encantado co seu marcalibros; de feito todo ía moi ben ata que comentei por deleve que invitara a Bert e mais a Queenie para hoxe, e que se a meu pai non lle importaba erguerse da cama e ilos buscar co coche.

Os berros duraron ata a chegada dos Sudgen do demo. A miña avoa e o meu avó Sudgen, o tío Dennis, a súa muller Marcia e o seu fillo Maurice, son todos por un xeito, semella que van de funeral tódolos días. Cústame moito crer que son familia de miña nai. Os Sudgen rexeitaron unha copiña, pero tomaron un té mentres miña nai desconxelaba o pavo na bañeira. Axudei a meu pai a sacar do coche a Queenie (cen quilos) e mais a Bert (noventa e tres quilos). Queenie é unha desas vellas rechamantes que tinxen o cabelo e tentan parecer máis novas. Bert está namorado dela. Contoumo mentres lle axudaba a ir ó baño.

A avoa Mole e maila tía Susan chegaron ás doce e media e fixeron como se lles gustaran os Sudgen. A tía Susan contou uns contos moi divertidos da cadea, pero ninguén riu agás eu e meu pai e Bert e Queenie.

Fun ó baño e atopei a miña nai chorando co pavo embaixo da billa da auga quente. Dixo: "Este carallo non dá desconxelado, Adrian. ¿Que vou facer?" Eu díxenlle: "Guíndao dentro do forno". E así fixo.

Puxémonos co xantar de Nadal catro horas tarde. Daquela, meu pai xa estaba bébedo de máis para comer. Os Sudgen disfrutaron co discurso da Raíña pero non pareceu gustarlles nada do resto. A avoa Sudgen regaloume un libro titulado *Historias da Biblia para os nenos.* Non tiña moito sentido dicirlle que xa perdera a fe, así que dei as gracias e puxen un sorriso falso durante tanto tempo que acabou por doerme.

Os Sudgen marcharon para as súas camas encartables ás dez en punto. Bert, Queenie, meu pai e miña nai xogaron ás cartas mentres eu lustraba a miña bici. Pasámolo moi ben todos facendo chistes dos Sudgen. Logo meu pai levou a Bert e a Queenie de volta ó Fogar e eu chamei a Pandora e díxenlle que a quería máis cá miña vida.

Pasarei mañá pola súa casa para darlle o desodorante e acompañala á pantomima.

Sábado 26 de decembro

FESTIVO NO REINO UNIDO E NA REPÚBLICA DE IRLANDA (o festivo pódese cambiar para outro día).
LÚA NOVA

Os Sudgen erguéronse ás 7 da mañá e agardaron sentados coa súa mellor roupa e cun aspecto moi respectable. Eu saín coa miña bici. Cando voltei, miña nai seguía na cama e meu pai estaba a rifar coa avoa Sudgen polo comportamento do can. Fun dar outra volta.

Pasei por casa da avoa Mole, comín cinco pasteis de carne e logo pedaleei de volta á casa. Cheguei ós 45 km/h na estrada de dous carrís, foi cantidade de guai. Púxenme a miña chaqueta nova de ante e mailos pantalóns de pana (cortesía da tarxeta Barclay de meu pai) e fun buscar a Pandora; deume un frasco de loción

200

para despois do barbeado como regalo de Nadal. Foi un momento memorable, significaba o *final da nenez.*

Pasámolo bastante ben coa pantomima, pero era un chisco infantil de máis para o noso gusto. Bill Ash e mais Carole Hayman fixeron ben de Aladino e de Princesa, pero os ladróns, interpretados por Jeff Teare e Ian Giles, estiveron moito mellor. Sue Pomeroy fixo unha interpretación da Viúva Twankey para esgazarse coa risa. Claro que lle axudou moito a vaca, interpretada por Chris Martin e Lou Wakefield.

Domingo 27 de decembro

PRIMEIRO DESPOIS DE NADAL

¡Os Sudgen voltaron para Norfolk, gracias a Deus!

A casa volve á súa desorde de sempre. A outra noite, meus pais levaron con eles unha botella de vodka e dous vasos para a cama. Non os volvín ver dende aquela.

Fun coa bici ata Melton Mowbray; levoume cinco horas.

Luns 28 de decembro

Fíxena boa por deixa-la bici fóra a outra noite. Meus pais non me falan. Tanto me ten, acábome de barbear e síntome máxico.

Martes 29 de decembro

Meu pai pai anda de mala lúa porque o único que lle queda para beber é unha botella de Xerez do bo.

Foi a casa de Pandora para pedir emprestadas un par de botellas de licor.

O can tirou coa árbore de Nadal e deixou tódalas faíscas chantadas na alfombra.

Rematei con tódolos libros que me regalaron polo Nadal e a biblioteca pública aínda está pechada. Non me queda outra que ler nos *Reader's Digests* de meu pai e poñe-lo meu vocabulario a proba.

Mércores 30 de decembro

Tódolos globos desincharon. Semellan os peitos das vellas que poñen na televisión nos documentais sobre o Terceiro Mundo.

Xoves 31 de decembro

¡O derradeiro día do ano! Aconteceron moitas cousas. Namoreime. Fun fillo de proxenitor único. Fíxenme intelectual. E mandáronme dúas cartas da BBC. ¡Non está nada mal para alguén de 14 anos e 3/4!

Miña nai e mais meu pai foron a un cotillón de fin de ano no Gran Hotel. ¡Miña nai púxose un vestido e todo! Había máis dun ano que non amosaba as pernas en público.

Pandora e mais eu pasamos xuntos a chegada do novo ano, tivemos unha sesión cantidade de apaixonada na compaña de Andy Steward e mais un gaiteiro.

Meu pai entrou batendo contra a porta á 1 da mañá cunha pedra de carbón na man. Bébedo como de cotío.

Miña nai escomezou a esbardallar sobre o marabilloso fillo que tiña e canto me quería. É unha mágoa que nunca diga cousas desas cando está serena.

Venres 1 de xaneiro

FESTIVO NO REINO UNIDO, REPÚBLICA DE
IRLANDA, E.U.A. E CANADÁ

Estes son os meus propósitos de Aninovo:
1. Sereille fiel a Pandora.
2. Gardarei dentro a bici pola noite.
3. Non lerei libros que non paguen a pena.
4. Estudiarei duro para aproba-las materias de Nivel Superior e sacarei unha media de sobresaliente.
5. Tentarei ser máis amable co can.
6. Tentarei buscar no meu corazón o xeito de perdoarlle a Barry Kent os seus moitos pecados.
7. Limparei o baño despois de usalo.
8. Deixarei de preocuparme polo tamaño da miña cousa.
9. Farei os exercicios para estira-lo lombo cada noite sen falla.
10. Aprenderei unha palabra nova e empregareina cada día.

Sábado 2 de xaneiro

FESTIVO EN ESCOCIA (o festivo pódese cambiar
para outro día)

Que interesante que o Aabec sexa unha cortiza australiana que se usa para suar.

203

Domingo 3 de xaneiro

SEGUNDO DESPOIS DE NADAL.
CUARTO CRECENTE

Non me importaría ir a África para cazar un Aard-vark.

Luns 4 de xaneiro

Mentres estou en África podería ir cara ó sur e procurar unha Aavora.

Martes 5 de xaneiro

E miraría de non meterme cunha Abada.

Mércores 6 de xaneiro

EPIFANÍA

Teño pesadelos seguido sobre a bomba. Espero que non a solten antes de que me dean o Certificado de Estudios Secundarios, alá para agosto de 1983. Non me gustaría morrer virxe e sen título.

Xoves 7 de xaneiro

Nigel veu ve-la miña bici de carreiras. Dixo que era das que fan en serie e non como a del, que fora "feita por un artesán en Nottingham". Perdinlle aprecio a Nigel, tamén un chisco á bici.

Venres 8 de xaneiro

Bert e Queenie mandáronme unha invitación de voda, van casar o 16 de xaneiro no xulgado da Rúa Pocklington.

Na miña opinión é unha perda de tempo. Bert anda case polos noventa e Queenie polos oitenta. Vou esperar ata o último minuto para merca-lo regalo de voda.

Púxose a nevar outra vez. Pedinlle a miña nai que me mercara unhas botas de goma verdes como as da Raíña, pero volveu cunhas negras normaliñas de todo. Só preciso delas para acompañar a Pandora ata a porta do xardín. Vou quedar ata que derreta a neve. Ó contrario que os outros rapaces do meu tempo, a min non me gusta enredar coa neve.

Sábado 9 de xaneiro

LÚA CHEA

Nigel dixo que a fin do mundo ía ser esta noite. Dixo que a lúa sufriría un colapso total. (Nigel debería ler *Reader's Digest* para aumenta-lo seu potencial de palabras.) Foi certo que escureceu, aguantei o alento e temín que acontecera o peor, pero despois a lúa recuperouse e a vida seguiu coma sempre, excepto en York, onde o destino anegou o centro da cidade.

Domingo 10 de xaneiro

PRIMEIRO DESPOIS DE EPIFANÍA

Non entendo por qué meu pai está tan vello ós corenta e un en comparanza co presidente Reagan, que ten setenta. Meu pai non ten traballo nin preocupacións, pero aínda así véselle moi acabadiño. O pobre do presidente Reagan ten que cargar ás costas coa seguridade do mundo e aínda así sempre está a sorrir e coa cara alegre. Isto non ten traza.

Luns 11 de xaneiro

Estiven a botarlle unha ollada ó diario do pasado ano e recordei que Malcolm Muggeridge nunca respondera á carta na que lle preguntaba que facer se un era un intelectual. ¡Un selo botado a perder! Debería ter escrito ó Museo Británico, tódolos intelectuais andan por alí.

Martes 12 de xaneiro

Pandora e mais eu fomos hoxe polo clube xuvenil. Estivo bastante ben. Rick Lemon moderaba un debate sobre sexo. Ninguén dixo nada, pero el puxo unhas diapositivas moi interesantes de úteros cortados pola metade.

Mércores 13 de xaneiro

Os pais de Pandora tiveron unha boa liorta. Están a durmir en cuartos separados. A nai de Pandora pasouse ó Partido Socialdemócrata e o pai de Pandora segue fiel ó Partido Laborista.

Pandora é liberal, así que se leva con ámbolos dous.

Xoves 14 de xaneiro

O pai de Pandora revelouse como seguidor do laborista Benn. Pandora segue a serlle fiel, pero como saiban diso na Cooperativa Leiteira, vai apañado.

Venres 15 de xaneiro

¡Gracias a Deus que a neve se está a derreter! Por fin podo andar pola rúa sen perigo algún, seguro de que ninguén me meta unha bóla de neve polas costas.

Sábado 16 de xaneiro

CUARTO MINGUANTE

Bert casou hoxe.

O Fogar do Pensionista Alderman Cooper alugou un autobús e levou ás velliñas para que fixeran un corredor de honra coas súas andarelas.

Bert tiña moi bo aspecto. Cancelou o seu seguro de vida e co diñeiro mercou un traxe novo. Queenie levaba un chapeu con flores e froitas. Tiña unha chea de maquillaxe laranxa na cara para tratar de tapa-las enrugas. Mesmo Sabre levaba un lazo rubio no pescozo. Penso que foi un bo detalle da Protectora de Animais deixar saír a Sabre para a voda do seu dono. Meu pai e mailo pai de Pandora carretaron coa cadeira de rodas de Bert polas escaleiras arriba con Bert de solteiro e logo carretaron con ela escaleiras abaixo con Bert xa casado. As vellas guindaron arroz e confeti e miña nai e maila nai de Pandora déronlle a Queenie un bico e unha ferradura da sorte.

Un xornalista e un fotógrafo fixeron posar a todo o mundo. Preguntáronme o nome, pero eu dixen que non quería publicidade ningunha polos meus actos de caridade con Bert.

A festa fíxose no Fogar. A enfermeira xefe preparou unha tarta coas letras "B" e "Q" de xelatina.

Bert e Queenie múdanse a unha casiña o luns, despois de pasa-la lúa de mel no Fogar.

¡Lúa de mel! ¡Ha! ¡Ha! ¡Ha!

Domingo 17 de xaneiro

SEGUNDO DESPOIS DE EPIFANÍA

A outra noite soñei cun neno coma min que collía seixos baixo a choiva. Foi un soño cantidade de estraño.

Estou a ler *O príncipe negro* de Iris Murdoch. Só dou entendido unha de cada dez palabras. Agora a miña ambición é collerlle de verdade o gusto a un dos seus libros. Entón saberei que estou por riba do rabaño.

Luns 18 de xaneiro

Colexio. Primeiro día do semestre. Moreas de deberes nas materias de Nivel Superior. Non vou dar feito. Son un intelectual, pero ó mesmo tempo non son moi listo.

Martes 19 de xaneiro

Trouxen para a casa cento oitenta e tres exemplares de *A voz da mocidade* na carpeta e na bolsa Adidas. O señor Jones necesita os armarios do vestiario.

Mércores 20 de xaneiro

¡Dúas horas e media facendo nos deberes! Vou rompe-los cascos co esforzo.

Xoves 21 de xaneiro

Dóeme o cerebro. Acabo de traducir dúas páxinas de *Macbeth* ó inglés moderno.

Venres 22 de xaneiro

Estou destinado a acabar de obreiro. Non podo traballar con tantas presións. A señorita Elf dixo que o meu rendemento é satisfactorio dabondo, pero non é dabondo cando a Pandora non paran de poñerlle "sobresaliente" cun rotulador rubio en todo canto fai.

Sábado 23 de xaneiro

Quedei na cama ata as cinco e media para que non me entraran tentacións de ir a Sainsbury's. Escoitei un drama sobre desgracias domésticas en Radio Catro. Chamei a Pandora. Fixen os deberes de Xeografía.

Fixen rabiar ó can. Marchei para a cama. Espertei. Preocupeime durante dez minutos. Erguinme. Preparei un cacao.

Estou feito un cangallo polos nervios.

Domingo 24 de xaneiro

TERCEIRO DESPOIS DE EPIFANÍA

Miña nai bótalle a culpa dos meus nervios desfeitos a Iris Murdoch. Di que non se deberían ler cousas sobre adolescencias tristes cando un está a estudia-las materias de Nivel Superior.

Luns 25 de xaneiro

LÚA NOVA

Non daba feito os deberes de Mate. Chamei ós Samaritanos.

Un home amable que me contestou ó teléfono díxome que a solución eran nove oitavos. Foi cantidade de amable con alguén tan desesperado coma min.

Martes 26 de xaneiro

¡O parvo do Samaritano deume mal a solución! Non eran máis que sete quintos. Só saquei seis sobre vinte. A Pandora foille moi ben. De feito acertou o cento por cento.

Mércores 27 de xaneiro

Miña nai está a facer na sala a súa xuntanza polos dereitos da muller. Non me dou concentrado con xeito nos deberes con esas mulleres a rir e a berrar e a armar boureo polas escaleiras. Non teñen moito de señoras.

Xoves 28 de xaneiro

Saquei quince sobre vinte en Historia. Pandora sacou vinteún sobre vinte. Déronlle un punto máis por sabe-lo nome do pai de Hitler.

Venres 29 de xaneiro

Volvín cedo a casa cunha boa dor de cabeza (non fun ó exame de Relixión Comparativa). Atopei a meu pai vendo *Barrio Sésamo* e xogando a que era unha landra nun carballo.

Marchei para a cama abraiado de máis para dicirlle nada.

Sábado 30 de xaneiro

Dor de cabeza. Enfermo de máis para escribir.

Domingo 31 de xaneiro

CUARTO DESPOIS DE EPIFANÍA

Pandora veu pola miña casa. Copieille os deberes. Síntome mellor.

211

Luns 1 de febreiro

CUARTO CRECENTE

Miña nai deulle un ultimato a meu pai: ou atopa traballo, ou fai as tarefas da casa, ou marcha dela.

Está a buscar traballo.

Martes 2 de febreiro

CANDELORIA (PRIMEIRO DÍA DO TRIMESTRE EN ESCOCIA)

A avoa Mole veu para dicirme que os da súa Igrexa Espiritualista anunciaran a fin do mundo a semana pasada. Dixo que xa debería ter rematado todo onte.

Tiña pensado vir antes pola miña casa, pero estivera a lava-las cortinas.

Mércores 3 de febreiro

¡A meu pai canceláronlle as tarxetas de crédito! Barclays, Nat West e American Express fartáronse do seu xeito tolo de gastar. De aquí a pouco non vai haber para un dente. Quédanlle só uns cartiños do despido no caixón dos calcetíns.

Miña nai está a buscar traballo.

Teño unha sensación de *déjà vu*.

Xoves 4 de febreiro

Fun onda Bert e Queenie. Teñen a casiña tan chea de trapalladas que case non hai sitio para que un poida moverse. Cada vez que Sabre lle dá ó rabo, tira polo menos con dez cousas. Semellan bastante felices, aínda que a súa vida sexual non debe dar para festas.

Venres 5 de febreiro

Tiven que facer unha redacción sobre as causas da Segunda Guerra Mundial. ¡Que perda de tempo! Todo o mundo sabe as causas. Non podes ir a ningún sitio sen ver unha foto de Hitler.

Sábado 6 de febreiro

Rematei a redacción; copieina do *Libro Gordo de Petete.*
Miña nai meteuse nunhas clases de defensa persoal. Así que se meu pai lle protesta por queima-las torradas, ela poderá karatearlle a gorxa.

Domingo 7 de febreiro

SEPTUAXÉSIMA

Todo o día máis aburrido ca unha ostra. Meus pais nunca fan nada os domingos agás le-los xornais do domingo. Outras familias van a safari-parks, etc. Pero nós, nunca endexamais.
Cando sexa pai voulles dar ós meus fillos unha chea de estímulos para as fins de semana.

Luns 8 de febreiro

LÚA CHEA

Miña nai atopou traballo. Recada os cartos das maquiniñas de marcianos. Comezou hoxe, despois de que a chamaran urxentemente da axencia de colocacións onde está apuntada.

Dixo que as máquinas máis cheas de cartos eran as que estaban nos cafés máis elegantes e nas salas de uso común das facultades.

Creo que miña nai está a traizoa-los seus principios. Estalle a face-lo xogo a unha obsesión típica de mentes febles.

Martes 9 de febreiro

Miña nai deixou o traballo. Dixo que a acosan sexualmente mentres está a traballar e que é alérxica ás moedas de dez peniques.

Mércores 10 de febreiro

Meu pai vai monta-lo seu propio negocio de andeis para especias. Gastou o que lle quedaba dos cartos do despido en madeira de piñeiro e mais en cola. O cuarto libre trocouse en taller. Hai serraduras por toda a casa.

Estou moi argulloso de meu pai. Agora é director de empresa, ¡e eu son o fillo dun director de empresa!

Mércores 11 de febreiro

Despois do colexio levámoslle á señora Singh un enorme andel para especias. Tivemos que carretar nel e poñelo na cociña entre os dous. Tomamos unha cunca de té indio agoado e a señora Singh pagoulle a meu pai e despois púxose a enche-los andeis con especias indias exóticas. Tiñan un aspecto moito máis interesante que o perexil e o tomiño de miña nai.

¡Meu pai mercou unha botella de champaña para festexar a súa primeira venda! Non ten ningún respecto polo investimento de capital.

Venres 12 de febreiro

Pandora foi a Londres co seu pai a escoitar un mitin de Tony Benn. A nai de Pandora foi a unha xuntaza do Partido Socialdemócrata en Loughborough. É ben triste ver como as familias se separan por culpa da política.

Non sei por quen votarei. Ás veces penso que a señora Thatcher é unha muller simpática e estupenda. Outro día véxoa na televisión e cállaseme o sangue co medo. Ten ollos de asasino psicópata, pero voz de persoa amable. Tenme moi confundido.

Sábado 13 de febreiro

A Pandora deulle por namorarse de Tony Benn, o mesmo tipo de namoramento que tivera polo cantante Adam Ant. Ela di que os homes maduros son excitantes.

Vou ver se deixo bigote. Mañá é día de san Valentín. Hoxe chegou unha tarxeta enorme, tiña o cuño de Sheffield.

Domingo 14 de febreiro

SEXAXÉSIMA. SAN VALENTÍN

¡Por fin me chega unha tarxeta de alguén que non é da familia! A tarxeta de Pandora era marabillosa, escribira nela unha mensaxe de amor moi sinxela:

Adrian, só ti.

Eu deille unha tarxeta que imitaba ás antigas, dentro escribín:

Meu amor de mocidade,
Cabelo de mel e calcetín curto
Déixasme o corpo parvo co susto.
O teu tipo non é nada malo:
Eu son Roy Rogers, ti, Trigger, o cabalo.

O ritmo non é moi bo, pero tiña présa. Pandora non colleu a referencia literaria a Roy Rogers, así que lle deixei os almanaques atrasados de Roy Rogers de meu pai.

Meu pai guindou a tarxeta de Sheffield ó balde do lixo. Miña nai colleuna cando meu pai marchou ó bar. Dentro dicía:

Pauline, sufro coma un condenado.

Miña nai sorriu e rachouna.

Luns 15 de febreiro

NACEMENTO DE WASHINGTON, E.U.A.
CUARTO MINGUANTE

Cando volvín do colexio miña nai estaba a falar por teléfono co verme Lucas. Poñía unha voz noxenta e dicía cousas do tipo: "Non me pidas que faga iso, Bimbo", e tamén, "Rematou todo entre nós, meu sol. Debemos mirar de esquecer".

Non podo aturar máis tensión emocional. Abóndame xa con estudiar duro e con loitar contra Tony Benn pola atención de Pandora.

Martes 16 de febreiro

A nai de Pandora veu por casa a outra noite para queixarse do seu andel. Caeu da parede e estroulle o romeiro e o azafrán polas baldosas de corcho. Miña nai pediulle desculpas en nome de meu pai, que estaba agachado na carboeira.

Estou a pensar moi seriamente en deixalo todo e marchar da casa para facerme vagabundo. Poderíame gustar bastante esa vida, sempre que puidese bañarme tódolos días.

Mércores 17 de febreiro

A señorita Elf falounos hoxe do seu mozo. Chámase Winston Johnson. ¡É licenciado en letras e non dá atopado traballo! ¿Como vou ter eu oportunidade ningunha?

A señorita Elf dixo que os que rematan no colexio andan por todo o país como desesperados. Dixo que ó señor Scruton deberíalle dar vergoña ter unha foto da señora Thatcher derriba da mesa do seu despacho.

Coido que me vou facer radical.

Xoves 18 de febreiro

Hoxe pola mañá mandaron ir a todo o colexio ó salón de actos. O señor Scruton subiu ó escenario e actuou como nas películas de Hitler. Dixo que en tódolos seu longos anos no ensino nunca se topara cun acto tan grave de vandalismo. Todo o mundo quedou cantidade de calado preguntándose que ocorrera. Scruton dixo que alguén entrara no seu despacho e lle pintara un bigote a Margaret Thatcher e escribira "tres millóns de parados" no escote.

Dixo que aldraxa-lo líder máis grande que este país tivera endexamais, era un crime contra a humanidade. Dixo que viña sendo unha traizón e que cando se atopara ó culpable, sería expulsado inmediatamente. Os ollos de Scruton botábanselle tanto para fóra que algúns nenos de primeiro deron en chorar. A señorita Elf levounos fóra por seguridade.

Van examina-la letra de tódolos do colexio.

Venres 19 de febreiro

A señorita Elf dimitiu. Vouna botar de menos, ela é a responsable do meu desenvolvemento político. Son un radical comprometido. Estou en contra de case todo.

Sábado 20 de febreiro

Pandora, Nigel, Claire Nelson e mais eu formamos un grupo radical. Sómo-la "Brigada Rosa". Falamos de cousas como a guerra (estamos en contra dela); a paz (estamos a favor dela); e a destrucción final da sociedade capitalista.

O pai de Claire Nelson é un capitalista; ten unha frutería. Claire está a ver se o seu pai lle vende a comida máis barata ós parados, pero el négase rotundamente. ¡El medra a conta dos que morren coa fame!

Domingo 21 de febreiro

QUINCUAXÉSIMA

Discutín con meu pai sobre o *Sunday Express*. El non é quen de ver que lle está a face-lo xogo á dereita reaccionaria. Négase a cambiarse ó *Morning Star*. Miña nai le calquera cousa; está a prostituí-la súa formación.

Luns 22 de febreiro

Estou granuloso outra vez. Ademais, a miña frustración sexual é extrema. Penso que unha apaixonada sesión de sexo ía mellora-la miña pel.

Pandora di que non pensa arriscarse a acabar de nai solteira só por cousa duns cantos grans. Así que terei que voltar á autosatisfacción.

Martes 23 de febreiro

MARTES DE ANTROIDO. LÚA NOVA

Comín cinco filloas na casa, tres na de Pandora e catro na de Bert e mais Queenie. A avoa quedou moi doída cando eu non lle quixen as súas, logo de se ofrecer toda amable a facerme unhas poucas, pero é que estaba a piques de estourar.

Dá carraxe cando no Terceiro Mundo viven cuns poucos grans de arroz.

Síntome cantidade de culpable.

Mércores 24 de febreiro

MÉRCORES DE CINZA

¡Despediron ás cociñeiras do colexio! Agora o xantar chega nunhas caixiñas quentes que veñen dun comedor xeral. Tería organizado unha protesta pero mañá teño exame de Xeografía.

Á señora Leech regaláronlle un forno microondas polos seus trinta anos de duro traballo entre moldes de flan.

Xoves 25 de febreiro

Saquei un quince sobre vinte en Xeografía. Quitáronme puntos por dicir que as Malvinas pertencían a Arxentina.

Venres 26 de febreiro

A miña cousa mide agora trece centímetros cando
está estirada. Cando está enrugada non paga a pena
medila. O meu físico vai mellorando en xeral. Coido
que os exercicios para estira-lo lombo están a dar resul-
tado. Antes calquera paspán podía abusar de min, ago-
ra vexo como abusan dos máis.

Sábado 27 de febreiro

Meu pai non fixo nin vendeu nin un só andel en
toda a semana. Agora vivimos da Seguridade Social e
dos cartos do paro.
Miña nai deixou de fumar. A ración do can baixou
a media lata de Chum ó día.

Domingo 28 de febreiro

CUADRAXÉSIMA (PRIMEIRO DE CORESMA)

¡O xantar do domingo consistiu en ovos con chí-
charos e patacas fritidas! ¡Non houbo pastel! Nin
sequera un pano de mesa como é debido.
Miña nai di que sómo-los *novos pobres*.

Luns 1 de marzo

SAN DAVID (GALES)

Meu pai deixou de fumar. Anda batendo no zoco
coa faciana esbrancuxada e topando fallas en todo can-
to fago.

Miña nai e el tiveron a primeira liorta dende que ela volveu. Todo empezou porque o can papou o friame da cea. Non puido evitalo, o coitadiño andaba que rillaba nas pedras. Vólvenlle subi-la ración a unha lata de Chum ó día.

Martes 2 de marzo

CUARTO CRECENTE

Meus pais están a padecer síntomas de abstinencia graves. É bastante divertido para un que non fuma coma min.

Mércores 3 de marzo

Tívenlle que emprestar cartos a meu pai para que lle botase uns litros de gasolina ó coche, quedara para unha entrevista de traballo. Miña nai cortoulle o pelo e barbeouno e mais explicoulle o que tiña que dicir e como tiña que comportarse. É patético ver como o desemprego obrigou a meu pai a depender dos demais dun xeito infantil.

Está a ver se o chaman da axencia de colocacións Manpower Services.

Aínda segue enfermo de non fumar. O seu humor acadou novas cotas de mal xenio.

Xoves 4 de marzo

Aínda non hai novas sobre o traballo. Estou fóra da casa todo o tempo que podo. Non hai quen trate con meus pais. Case que prefería que volvesen fumar.

Venres 5 de marzo

¡¡Déronllo!!
O luns empeza de supervisor nas obras de Remodelación das Ribeiras da Canle. Ten ó seu cargo a un grupiño de rapaces recén saídos do colexio. Para celebralo mercoulle a miña nai tres paquetes de tabaco Benson and Hedges e outros tres de Players para el. A min tocoume un paquete familiar de barras de chocolate Mars.

Por fin está todo o mundo cantidade de contento. Mesmo o can se aledou un chisco. A avoa estalle a facer a meu pai un pucho de la para o traballo.

Sábado 6 de marzo

Pandora e mais eu fomos ver o anaco de ribeira que meu pai ten ó cargo. ¡Aínda que traballara mil anos non daría limpado aquelo de tódalas bicis vellas, e carriolas, e algas e latas de coca cola que hai por alí! Díxenlle a meu pai que non levaba as de gañar, pero el dixo, "¿Que dis?, nun ano vai dar gusto velo". ¡Si, claro! ¡E eu son Nancy Reagan, papá!

Domingo 7 de marzo

SEGUNDO DE CORESMA

Hoxe pola mañá, meu pai foi ve-la súa ribeira da canle. Chegou á casa e pechouse no seu cuarto. Aínda segue alí, podo oír como miña nai lle di cousas para animalo.

Non está moi claro que el apareza mañá polo traballo. Eu máis ben penso que non.

Luns 8 de marzo

Foi ó traballo.

Despois do colexio volvín pola ribeira da canle. Atopeino dando ordes a un fato de punkis e cabezas rapadas. Semellaban estar de malas e moi pouco cooperativos. Ningún deles quería emporca-la roupa. Meu pai semellaba se-lo único que traballaba algo alí. Estaba cheíño de lama. Tratei de cruzar unhas poucas palabras corteses cos rapaces, pero rexeitaron o meu ofrecemento de malos modos. Comentei que os rapaces estaban alienados por unha sociedade indiferente e cruel, pero meu pai dixo: "Vai ó carallo, Adrian. Non dis máis que merdalla de esquerdas". Vaise atopar de fociños cun motín se non anda con ollo.

Martes 9 de marzo

LÚA CHEA

O meu traballo na escola afúndese en novas profundidades. Só saquei un cinco sobre vinte en Ortografía. Penso que podería ser *anoréxico*.

Mércores 10 de marzo

Meu pai pediume que non levara a Pandora pola ribeira despois do colexio. Di que non dá feito cos rapaces en canto ela aparece por alí. Certo que é dunha fermosura abraiante, pero os rapaces teñen que aprender a controlarse. Eu tíveno que facer. Ela negouse a consuma-la nosa relación. Ás veces pregúntome que é o que ve en min.

Vivo nun terror constante por medo a que remate o noso idilio.

Xoves 11 de marzo

Pandora e maila nai de Pandora apuntáronse ó grupo de mulleres de miña nai. Non permiten a entrada a homes e nenos no noso cuarto de diante. A meu pai tocoulle quedar na sala e atender do berce.

Herodina, a filla de Rick Lemon, andaba de gatiñas por embaixo da mesa berrando "¡Teta! ¡Teta!" Meu pai dicíalle a Herodina que calara a boca, expliqueille que Teta era o nome da nai de Herodina.

Herodina é unha meniña moi radical. Nunca come doces e está esperta ata as 2 da mañá.

Meu pai dixo que as mulleres deberían estar a cociñar nas súas casas. Díxoo nun salaio para que non o karatearan de morte na gorxa.

Venres 12 de marzo

Meu pai tivo hoxe un bo día na ribeira da canle. Xa case dá albiscado a herba. Para festexalo trouxo pola casa ós punkis e ós cabezas rapadas para tomar un grolo de cervexa caseira. A señora Singh e mais miña nai quedaron dunha peza cando os rapaces entraron en tropel pola cociña, pero meu pai alí presentou a Baz,

Daz, Maz, Kev, Melv e Boz , e miña nai e maila señora Singh acougaron un chisco.

Boz vaime axudar a amaña-los freos da miña bici, é un experto amañafreos. Leva roubando nelas dende os seis anos.

Sábado 13 de marzo

Boz invitoume hoxe a esnifar do seu pegamento, pero eu declinei o ofrecemento e deille as gracias.

Domingo 14 de marzo

TERCEIRO DE CORESMA

Toda canta muller coñezo foi a unha manifestación de protesta polo dereito da muller ó traballo. A señora Singh foi disfrazada.

Vin a Rick Lemon no parque, puxaba con moito pulo a randeeira de Herodina. Herodina berraba: "¡Teta! ¡Teta!"

Luns 15 de marzo

¡Ámanme dúas mulleres! Elizabeth Sally Broadway deulle unha nota a Victoria Louise Thomson na clase de Ciencias. Poñía: "Pregúntalle a Adrian Mole se quere saír comigo".

Victoria Louise Thomson (de aquí en diante coñecida por V. L. T.) pasoume a nota. Eu contesteille negativamente a V. L. T.

Elizabeth Sally Broadway (de aquí en diante coñecida por E. S. B.) púxose moi triste e botou a chorar sobre o seu forniño de alcol.

É marabilloso saber que tanto Pandora como Elizabeth están namoradas de min.

Se cadra, non sou tan feo despois de todo.

Martes 16 de marzo

Pandora e mais E. S. B. tiveron unha pelexa no patio. Estou moi decepcionado con Pandora. Na última xuntanza da Brigada Rosa xurou ser unha pacifista toda a vida.

¡Gañou Pandora! ¡Ha! ¡Ha! ¡Ha!

Mércores 17 de marzo

SAN PATRICIO. FESTIVO (IRLANDA).
CUARTO MINGUANTE

A policía trouxo ó señor O'Leary á súa casa ás 10:30 da noite. A señora O'Leary veu por casa a preguntar se meu pai podería botarlle unha man para subir ó señor O'Leary polas escaleiras e metelo na cama. Meu pai aínda segue alí. Podo escoita-la música e as cancións a través da miña dobre fiestra.

Non fai ningunha gracia cando un ten que durmir para ir ó colexio.

Xoves 18 de marzo

Estou a ler *Por que fracasan os nenos*, de John Holt. Está cantidade de ben. Se eu fracaso nos estudios, toda culpa será de meus pais.

Venres 19 de marzo

A miña redacción de Inglés:

Primavera, de Adrian Mole

As árbores estoupan en rebentos, de feito algún mesmo bota follas. As pólas ábrense paso cara ó ceo como espantallos bébedos. Os seus troncos métense na terra revirados e tortos e forman unha plétora de raíces. O ceo brillante flota incerto como unha noiva vergoñenta á porta da súa cámara nupcial. Os paxaros moven as ás e rañan o ceo no seu camiño errante entre nubes de algodón como espantallos bébedos. O regato translúcido gorgolexa maxestosamente cara á fin da súa viaxe. "¡Cara ó mar!" –berra– "¡Cara ó mar!" –repite seguido.

Un rapaz senlleiro, quenturento o pensamento, senta e olla o seu sereno reflexo no regato torrencial. De feito, o seu corazón está apenado. Os seus ollos caen polo chan e acougan nunha marabillosa e maxestosa bolboreta multicolor. O insecto alado bótase a voar e os ollos do rapaz vanse moi lonxe ata que non son máis ca un puntiño no solpor de rubia cor. Sente no céfiro unha esperanza para a humanidade.

Pandora pensa que é o mellor do que levo escrito, pero eu sei que aínda me queda moito camiño por andar ata que aprenda o meu oficio.

Sábado 20 de marzo

EQUINOCCIO DE INVERNO

Miña nai cortou todo o pelo. Parece unha das reclusas da tía Susan. Xa non parece sequera un pouco maternal. Non sei se comprarlle algo para o día da nai ou non. A outra noite falou diso precisamente, dixo que todo era un engano comercial para os pailarocos.

Domingo 21 de marzo

CUARTO DE CORESMA. DÍA DA NAI

11:30 da mañá. Non lle regalei nada a miña nai, de modo que leva toda a mañá con cara de ferreiro.
1 da tarde. Meu pai dixo: "Eu de ti, rapaz, daría un voltio por onde Cherry's e compraríalle a túa nai unha tarxeta de felicitación e un regaliño". Deume dúas libras, así que comprei unha tarxeta que poñía "Mamá, quérote ben" (era a única que quedaba, vaia sorte), e tamén cinco caixas de regalicias variadas (déronmas máis baratas porque estaban esmagadas). Alegrouse moito e mesmo non lle importou que meu pai collera un ramallo de tulipáns para a avoa e voltara cinco horas máis tarde cheirando a alcol.
Á nai de Pandora afagárona levándoa a un restaurante. Eu vou face-lo mesmo con miña nai cando chegue a famoso.

Luns 22 de marzo

Cataloguei a biblioteca do meu cuarto. Teño cento cincuenta e un libros, sen conta-los de Enid Blyton.

Martes 23 de marzo

Dentro de once días farei quince anos; polo tanto, só teño que agardar un ano e once días para casar, se quixese facelo.

Mércores 24 de marzo

O único que me preocupa da miña apariencia agora son as orellas. Saen para fóra nun ángulo de noventa graos. Comprobeino coas miñas ferramentas de xeometría, polo tanto é un feito científico.

Xoves 25 de marzo

ANUNCIACIÓN (COMEZA O TRIMESTRE).
LÚA NOVA

Sufrín un espertar espiritual. Viñeron por casa dous homes moi agradables que eran dun grupo relixioso chamado O Pobo da Luz Solar. Dixeron que só eles poderían trae-la paz ó mundo. Custa vinte libras facerse membro. Conseguirei os cartos como sexa. Nada é caro de máis cando a paz está en xogo.

Venres 26 de marzo

Tratei de convencer a Pandora para que se fixera membro de O Pobo da Luz Solar. Non se deixou convencer polos meus argumentos. Van vir mañá pola casa para coñecer a meus pais e para asina-lo acordo.

Sábado 27 de marzo

Os de O Pobo da Luz Solar viñeron ás seis. Meu pai deixounos de pé á porta da casa mentres chovía. As súas túnicas quedaron enchoupadas. Meu pai díxolles que pretendían facerlle un lavado de cerebro a un neno inocente. Cando marcharon, miña nai mirou como camiñaban pola rúa e dixo, "Agora non parecen moi carismáticos, so parecen dous pitos afogados". Caéronme unhas bágoas. Creo que estaba a chorar de alivio —vinte libras son moitos cartos—.

Domingo 28 de marzo

DOMINGO DE PAIXÓN. COMEZA O HORARIO
DE VERÁN NO REINO UNIDO.

Meu pai esqueceu cambia-la hora dos reloxos a outra noite, conque cheguei tarde á xuntanza da Brigada Rosa no salón da casa de Pandora. Votamos para excluír ó pai de Pandora da xuntanza polas súas ideas de extrema esquerda. Decidimos apoiar a Roy Hattersley na súa carreira polo liderato.

A Pandora xa non lle chista Tony Benn dende que soubo que era un aristócrata desleigado.

Claire Nelson presentounos a un novo membro, chámase Bárbara Boyer. É cantidade de guapa e tamén cantidade de intelixente. Non estivo de acordo con Pandora sobre a política nuclear da OTAN. Pandora tivo que admitir que China era un factor descoñecido. Pandora pediulle a Claire Nelson que non volvera levar a Bárbara por alí.

Luns 29 de marzo

No xantar do colexio sentei a carón de Bárbara Boyer. O certo é que é unha rapaza marabillosa. Fíxome notar que Pandora tiña unha chea de defectos. Non me quedou outra que darlle a razón.

Martes 30 de marzo

Estou a cometer adulterio non sexual con Bárbara. Son o centro do eterno triángulo amoroso. Nigel é o único que o sabe: fíxenlle xurar que gardaría o segredo.

Mércores 31 de marzo

Nigel foille co conto a todo o colexio. Pandora pasou toda a tarde na enfermería.

Xoves 1 de abril

DÍA DOS INOCENTES. CUARTO CRECENTE

Bárbara Boyer deu por rematado o noso romance. Chameina por teléfono á tenda de animais onde traballa a media xornada limpando xaulas. Dixo que non aturaba ve-la dor nos ollos de Pandora. Pregunteille se era unha inocentada, recordoume que as inocentadas eran ata as doce e que xa pasaba da hora.

Aprendín unha lección importante, por culpa da luxuria quedei sen amor.

Mañá fago quince anos.

Voume barbear para ver se me animo.

Venres 2 de abril

Teño quince anos, pero legalmente sigo a ser un neno. Non hai nada novo que poida facer hoxe, que non puidera facelo xa onte. ¡Sorte negra!

Recibín sete tarxetas da familia e tres dos amigos. Os regalos consistiron na morea de lixo xaponés de sempre, aínda que Bert me regalou unha maqueta de avión feita na Alemaña Occidental.

Pandora pasou por alto o meu aniversario. Ela non ten culpa ningunha. Traizoei a súa confianza.

Boz, Baz, Daz, Maz, Kev e Melv viñeron dende a ribeira para tirarme das orellas. Boz deume un tubo de pegamento para a maqueta do avión.

Sábado 3 de abril

8 da mañá. ¡¡¡Gran Bretaña está en guerra con Arxentina!!! Dixérono por Radio Catro. Estou que non me teño coa emoción. Unha parte de min pensa que é tráxico e a outra parte pensa que é cantidade de excitante.

10 da mañá. Espertei a meu pai para dicirlle que Arxentina invadira as Malvinas. Saíu disparado da cama porque pensou que as Malvinas estaban fronte á costa de Escocia. Cando lle indiquei que as Malvinas estaban a doce mil quilómetros volveu para a cama e botou as mantas por riba da cabeza.

4 da tarde. Acabo de pasar pola experiencia máis humillante da miña vida. Todo empezou cando me puxen a monta-la maqueta. Tíñaa case rematada cando me deu por pensar que podería probar unha inhalación experimental de pegamento. Acheguei o nariz ó tren de aterraxe e inhalei durante quince segundos, non ocorreu nada espiritual, pero o nariz ¡quedóuseme pegado ó avión! Meu pai levoume a Urxencias para que mo quitaran, non sei como dei aturado as risas e as burlas.

O médico de guardia puxo "adicto ó pegamento" na ficha médica.

Chamei a Pandora; vai vir despois da súa clase de viola. O amor é o único que me mantén cordo...

Sue Towsend vive en Leicester, Inglaterra. Á súa serie de diarios de Adrian Mole foi traducida a vintecinco linguas. Esta serie inclúe catro títulos: The Secret Diary of Adrian Mole Aged 13 3/4 (1982), primeiro traducido para o galego na colección "Fóra de Xogo"; The Growing Pains of Adrian Mole (1985); True Confessions of Adrian Mole (1989); e Adrian Mole and the Small Amphibians (1990).

CARTA Á AUTORA

Todos aqueles que vos queirades pór en contacto
coa autora sobre calquera aspecto deste libro,
podédelo facer
escribindo ó seguinte enderezo:

Colección FÓRA DE XOGO
Edicións Xerais de Galicia S. A.
Doutor Marañón, 12. 36211, Vigo

36. *Noitebra*
Xavier López Rodríguez

Nun atardecer de tormenta, dous quilómetros antes
de chegar a Santiago, a moto e mais eu marchamos
fóra da estrada. O erguerme, fun dándome de conta
dos danos: tiña unha dor forte na caluga, outra no
ombreiro esquerdo e outra que me collía toda a coxa
dereita. A noite estaba tan escura que non puiden ve-la
miña moto nin o casco por ningures. Polo sabor salga-
do entre os labios, decateime de que non eran pingas,
senón as bágoas que escapaban dos meus ollos.

37. Caderno de agosto
Alice Vieira

No diario que escribe Gloria durante unhas vacacións
de agosto intercala algúns capítulos da novela rosa que
está escribindo a súa nai. A través das súas páxinas,
personaxes e persoas comparten emocións
e experiencias como se a vida transcorrese de igual xei-
to qure unha novela ou a novela fose
o espello da vida.